BBULMEDIA

http://www.bbulmedia.com

BBULMEDIA

http://www.bbulmedia.com

신병이기

神兵刃器

신병이기

예가음 퓨전 판타지 장편 소설

②

목차

제10장
만사불여튼튼

택중의 물음에 수상한 눈빛으로 올려다보는 노점상 주인이었다.

잠시간 말이 없던 그가 고개를 내저었다.

그러곤 다시 눈을 감는 게 아닌가.

금방이라도 잠을 청하려는 모습이었다.

잘못 들었나?

택중이 다시 그를 불렀다.

"아저씨……."

한데도 쳐다보질 않는다.

누가 봐도 무시.

그 모습에 택중이 눈을 껌벅이다가 다시 물었다.

여전히 속닥이는 듯한 목소리였다.

"총 있어요? 총?"

하지만 노점상 주인은 눈을 뜰 생각을 하지 않았다.

부아가 치밀 만도 하련만 택중에게선 아무런 표정 변화가 없었다.

그가 신경 쓰는 것은 오로지 주위의 반응. 아니 그들이 있는 세운 상가 2층 옥상의 통로에는 그들 말고는 아무도 없으니, 혹시나 있을지 모르는 시선에 대한 경계라 할 수 있었다.

어찌 되었든 지금 택중은 초긴장 상태라 할 수 있었다.

가슴이 벌벌 떨리는 게 심장이 입 밖으로 튀어나올 것만 같았다.

이는 당연한 일이라 할 수 있었다.

거칠다면 거친 인생을 살아온 그였고, 그 덕분에 파출소 철창 신세를 진 일도 여러 번이지만, 그렇다고 아주 본격적으로 불법을 자행한 적은 없는 그였다.

다행히 불법 밀항을 하다가 걸리거나, 밀입국에 실패한 적은 없었던 덕분이었다. 그가 친 사고들이라고 해 봐야 노점상 일제 단속에 걸려서 파출소를 드나든 게 다였던 것이다.

의외라면 의외라 할 수 있다.

그가 어린 시절 고아원을 빠져나와 서울로 갓 상경했을

때 그의 수중에 들린 돈은 고작 만 삼천 원에 불과했고, 그 돈으론 단 하루도 버티기 어려웠던 걸 감안하면 대단한 일이라 할 수 있었다.

그 흔한 도둑질도 한 안 했으니까.

덕분에 아직은 어렸던 당시의 그가 할 수 있는 일도 없거니와, 근거도 없고 생면부지인 그를 직원으로 써 줄 만큼 마음 좋은 주인들도 없었기에 며칠을 굶었는지 모른다.

그럼에도 그는 끝끝내 어둠의 세계로 통하는 문만큼은 두드리지 않았다.

물론 여기에는 이유가 있었다.

본성이 선량한 탓도 있었지만, 그보단 생리적으로 건달들이나 양아치들을 싫어하기 때문이었다.

택중의 눈에 비친 그놈들은 한마디로 '나쁜 놈'들이기 이전에 틈만 나면 자신의 것을 강탈해 가려는 '죽일 놈'들이었다.

무일푼에서 시작해 이 거친 세상을 헤쳐 나가고 있는 그에게 있어서 그가 가진 걸 빼앗으려는 자들이란…… 쳐 죽일 놈들에 불과했으니까.

택중에게 있어서 그런 놈들이야말로 가장 멀리해야 할 놈들 아니던가.

그러다 보니 자연히 어둠의 세계엔 발을 들이지 않았다. 아니, 쳐다보지도 않았다.

당연한 결과지만, 그 덕분에 택중은 아직까진 '선량한 시민'이었다.

그런 그가 언제 총이란 걸 사 보았겠는가.

그렇다곤 하지만 그가 총을 사사롭게 사고 파는 일이 합법이라고 믿는 바보 천치는 아니었다.

떨리는 게 당연했다.

자칫 걸리기라도 하면 모든 걸 잃을 수도 있다는 걸 본능적으로 알아차렸기 때문이리라.

택중의 이마에 땀방울들이 송골송골 맺힌 이유였다.

그런 그의 심정을 아는지 모르는지.

노점상 주인은 그의 물음에 대꾸조차 하지 않았다. 뿐만 아니라 대머리 위에 올려놓은 모자를 끌어내려 눈가를 가리기까지 했다.

눈을 껌벅이다 못해 혀를 내밀어 마른 입술을 적시던 택중. 그가 슬그머니 다가가 손을 뻗쳤다.

스윽.

살며시 모자를 들춰 올린 그였다.

그 때문에 햇살이 눈꺼풀 위로 떨어져 내리자, 노점상 주인은 인상을 쓰더니 눈을 떴다.

두 사람의 시선이 허공에서 얽히는 순간, 택중이 싱긋 웃으며 다시 물었다.

"아저씨, 총⋯⋯."

순간 둔탁한 소리가 울려 퍼졌다.

퍽!

"끄억!"

택중은 입술 사이로 신음을 터트렸다.

도대체 언제 후려친 것인지 노점상 주인의 주먹이 택중의 복부에 박혀 있었던 것이다.

"개 쌍놈의 새끼! 어디 와서 지랄이야, 지랄이!"

벌떡 일어난 노점상 주인이었다.

어딜 가나 흔하디흔한 중년의 포스를 풍기던 사내였건만, 말투나 모습은 전혀 그렇지 않았다.

거칠기가 짝이 없었다.

"왜? 뽕이라도 찾지? 안 그래도 덥고 짜증나는데, 어디서 이런 호로 잡놈의 새끼가…… 에잇, 퉤! 잘됐다. 씨불, 오늘 개 한번 잡아 보자!"

거칠 것 없다는 듯 앞으로 나선 노점상 주인이 콘크리트 바닥에 쓰러진 채 그를 올려다보는 택중을 무섭게 노려보았다.

그러곤 벼락처럼 그를 덮쳐 멱살을 잡았다.

"끄어어! 이…… 이거 좀 놓고 말씀하시죠!"

택중이 외치며 손바닥으로 노점상 주인의 손을 두드렸다.

하지만, 소용없었다.

무슨 놈의 힘이 그렇게 센지.

두툼한 손과 단단해 보이는 팔뚝에서 비롯되었을 완력은 택중을 옭아맨 채 놓아 주질 않고 있었다.

어쩔 수 없이 이끌리는 대로 몸을 일으킨 택중이 한순간 눈을 크게 떴다.

노점상 주인이 비릿한 웃음을 지어 보이고 있었기 때문만은 아니었다.

주먹.

자신을 노리며 허공에서 부들거리는 이따만큼 큰 주먹을 보았던 것이다.

'맞으면 죽을지도 몰라!'

절로 눈을 감고만 택중이었다.

쉬잉!

바람을 가르는 소리를 어떻게 들을 수 있을까.

그렇다. 무슨 '소X즈'도 아니고 그런 게 들리면 그게 어디 사람이냐!

근데 들린다.

주먹이 날아오는 소리겠지?

자신이 생각해도 실없는 생각이 들고만 택중. 그가 속으로 울부짖었다.

'제길! 나, 고택중이라고!'

퍽!

살을 때리는 걸로 모자라 뼈를 강타하는 소리가 울려 퍼

신병이기

지는 순간 비명이 터졌다.

"끄아아!"

한데 택중은 멀쩡한 얼굴이었다.

오히려 피투성이 얼굴이 되어 주춤주춤 뒤로 물러서고 있는 사람은 노점상 주인이었다.

사정은 이랬다.

노점상 주인이 주먹을 날리는 순간, 택중이 순간적으로 자신의 멱살을 잡고 있던 손을 뿌리치며 이마로 노점상의 얼굴을 들이받았던 것이다.

양손으로 코를 움켜쥐고 허리를 펴지 못한 채 몇 걸음인가 뒤로 물러나던 노점상 주인이 자신의 손으로 얼굴을 훑었다. 그러곤 손바닥을 보았다.

피!

고통과 함께 꼭지가 확 돌아 버린 노점상 주인이 무서운 눈으로 택중을 쏘아보았다.

"헉!"

화들짝 놀란 택중이 뒷걸음치다가 홱 하고 몸을 돌렸다.

그러곤 다시금 '소X즈'로 빙의해 무서운 속도로 내달리기 시작했다.

타다다다다닷.

그의 등 뒤로 칼날 같은 외침이 날아들고 있었다.

"거기 안 서!"

뒤이어 온갖 욕설이 날아와 택중의 가슴을 후벼 팠지만, 그는 멈추지 않았다.

오히려 잡히면 죽는다는 각오로 달리는 택중이었다.

그때 옥상에 늘어서 있는 가게들 중 한 곳의 유리문이 열렸다.

"어어어어!"

깜짝 놀란 택중.

이대로라면 유리문에 부딪힐 게 분명했다.

택중은 온 힘을 다해 허리를 비틀었다.

비틀어진 허리 아래로 두 다리가 기묘하게 춤을 추었다.

그 순간 택중이 유리문을 지나쳤다.

슈아아악!

바람을 가르며 배춧잎 한 장 차이로 충돌을 면한 택중의 등 뒤에서 또 다른 외침이 날아들었다.

"미친! 야이, 개새야! 죽고 싶어!"

문을 열고 나오던 빨간 얼룩무늬 남방의 사내일 터였다.

거의 동시에 노점상 주인의 음성도 날아들었다.

"저 새끼, 잡아!"

"응?"

"잡으라면 잡아!"

"씨발, 거기 안 서?!"

타다다다다다닷!

택중을 뒤쫓던 발소리가 한 사람이었던 것이 이제 두 사람이 되는 순간이었다.

택중은 바짝 타들어 가는 입술에 침조차 축일 수 없었다. 그저 심장이 파열되도록 뛰고 있을 뿐이었다.

얼마나 달렸는지, 50미터는 훌쩍 넘는 그 긴 통로를 눈 깜짝할 사이 빠져나온 택중이었다.

어느새 그의 눈에 건물 모퉁이가 보였다.

이제 저 모퉁이만 돌면 곧바로 계단이 나오리라.

희망찬 종소리가 그의 머릿속을 울리는 순간이었다.

저벅저벅.

누군가 모퉁이를 돌아 나오고 있었다.

시커먼 양복을 입은 사내, 아니, 사내들이었다.

껄렁껄렁한 폼을 보니, 양아치들이거나 건달패들인 게 분명했다.

"……?"

미친 듯이 달려오고 있는 택중을 발견한 그들의 눈이 휘둥그레지는 순간, 노점상 주인과 빨간 얼룩무늬 남방의 사내가 소리쳤다.

"저 새끼 잡아!"

"씨발 놈! 죽여 버려!"

그러자 검은 양복의 사내들이 순식간에 한 줄로 쫘악 늘어섰다.

그 나물에 그 밥이라 했던가.

놈들은 형님 동생 사이인 게 분명했다.

애당초 이런 곳에 온 게 잘못이지.

하나 지금 택중은 이런 생각조차 할 여유가 없었다.

안간힘을 쓴 덕분에 겨우 멈춰 설 수 있었던 택중이 앞뒤로 막아서는 사내들을 휘둘러 보며 마른침을 삼켰다.

"헉헉헉!"

"허억, 헉, 헉!"

택중을 뒤쫓던 노점상 주인과 빨간 얼룩무늬 남방의 사내가 숨을 헐떡거렸다.

그리고 인상을 구기며 택중을 가로막고 있는 다섯 명의 검은 양복 사내들. 그들은 까닭을 알지도 못한 채 험상궂은 눈으로 택중을 노려보았다.

앞뒤로 막힌 상황에서, 마침내 택중이 부르짖었다.

"나한테 왜 이러는 겁니까!!"

순간 침묵이 흘렀다.

노점상 주인이야, 택중한테 얻어터져 코뼈가 부러졌기 때문이라지만, 그 외엔 그를 쫓을 이유도, 막아설 이유도 없었기 때문이다.

하지만 침묵은 금세 깨졌다.

"좆 까고! 어디서 개지랄이야!"

사내들이 일제히 달려들었다.

신병이기

어차피 한통속인 그들이다.

애당초 양아치들인 그들에게 논리적인 사고를 바란다는 게 얼마나 우스운 일인지 한순간 여실히 드러났다.

위기일발.

택중은 타들어 가는 마음을 진정시키려 애썼다.

그러면서 빠르게 사방을 둘러보았다.

하지만 어디에도 빠져나갈 틈은 없었다.

있다면 오직 한군데, 난간 쪽 뿐인데…….

점차 뒷걸음질 치며 물러나던 택중은 어느새 난간에 부딪혔다.

스윽.

절로 돌아간 눈동자를 향해 바닥을 드러내며 유혹하는 손길.

'어이! 뛰어내려!'

1층 높이라지만…….

말이 일층이지, 세운 상가의 일층은 어지간한 건물의 이층에 버금가는 높이. 거길 뛰어내린다는 건…….

한마디로 미친 짓이다.

자살 행위다!

설사 죽진 않더라도 틀림없이 다리가 부러지고 말 터다.

택중이 망설이는 동안, 놈들이 점차 다가왔다.

어느 틈에 그를 둘러싸고 반원을 그리며 포위한 그들.

모두의 눈동자에 기이한 빛이 흘러넘쳤다.

그 눈빛이 말하는 바는 다음과 같았다.

'산채로 다져 주지!'

혹은,

'숨은 붙여 줄 테니 이 형님들만 믿어!'

뭐, 대충 이런 눈빛들이리라.

택중은 한숨을 내쉬었다.

그 순간, 사내들이 눈을 치떴다.

"어어어?"

"저, 저 미친놈!"

그러든지 말든지.

택중이 난간을 기어올랐다.

아니, 기어오르기 무섭게 아래쪽으로 떨어졌다.

말 그대로…… 뛰어내린 것이 아니라 떨어지는 모습이었다.

휙!

그러면서도 그는 눈을 부릅떴다.

호랑이한테 물려 가도 정신만…… 차린다고 될 일이 아니잖아!

"크아아아!"

죽을 것 같은 공포에 택중은 기어이 비명을 내질렀다.

쿵!

"끄아아아아아아아아아아악!"

세운상가를 통째로 뒤흔드는 절규였다.

참새들처럼 난간에 주르륵 매달려 아래쪽을 바라보던 사내들의 얼굴이 일제히 일그러졌다. 이어 사색으로 물들었다.

그 빛이 똥색으로 바뀐 건 그야말로 찰나간이었다.

"흐흐흐."

고통으로 인해 인상을 쓰면서도 택중이 고개를 쳐든 채 웃었다.

그러면서 가운뎃손가락을 세워 보였던 것이다.

"저…… 저 개새끼!"

누군가 모두의 심정을 대변해 소리쳤을 때, 택중이 움직이기 시작했다.

다행히 부러지진 않은 모양이었다.

절룩절룩.

한쪽 다리를 질질 끌면서 도로변 쪽으로 움직이는 그였다.

그때, 여기저기서 사람들이 쏟아져 나왔다.

아마도 그가 내지른 비명을 듣고 튀어나온 것일 터였다.

그들 중에는 상가에서 파리를 쫓으며 장사를 하던 족발집 아주머니도 있었고, 구닥다리 패션을 고수하며 완고한 노인들의 양복을 재단하던 사십대의 재단사도 있었다.

뿐만 아니라 짧은 머리칼 아래 험상궂은 얼굴, 그리고 얄딱꾸리한 셔츠를 입은 '형님'들도 보였다.

그들을 향해 이층에서 난간에 몸을 기대고 있던 자들이 소리쳤다.

"저 새끼, 잡아!"

"……?"

"저 새끼 잡으라고!"

대답은 들려오지 않았다.

아니, 바닥을 때리는 발소리가 대답을 대신했다.

앞뒤에서 덩치들이 다가오고 있었다.

"헛!"

택중이 새된 얼굴이 되어 몸을 떨었다.

바로 그 순간이었다.

휙!

상가 건물 안쪽으로 통하는 골목에서 손 하나가 쑥 튀어나왔다.

그 손끝이 택중의 목덜미를 스친다 싶은 순간, 택중이 빨려 들 듯 안쪽으로 사라졌다.

"어? 저 새끼 뭐야!"

"뭐해! 쫓아!"

자신들과 아무런 상관도 없으면서 그저 뒤쫓고 보잔 생각으로 골목을 향해 뛰어드는 형님들.

하나 그들은 오래지 않아 걸음을 멈출 수밖에 없었다.

"이 새끼 어디 있어!"

"씨앙! 어디로 튄 거야!"

"아놔, 이런 개새! 잡히기만 해 봐!"

어느새 일층으로 내려온 노점상 주인과 그밖에 불량하기 짝이 없는 사내들이 사방을 둘러보다가, 자신들을 이상한 눈으로 바라보는 상점 주인들을 노려보았다.

깜짝 놀란 상점 주인들이 일제히 문을 닫고 사라지고 있을 때, 어느 컴컴한 가게 안에선 택중이 쪼그린 채 앉아 있었다.

부르르.

자신의 입을 틀어막고 있는 두툼한 손의 주인을 두려워하면서.

낯선 어둠 속에서 택중은 마음을 졸였다.

셔터가 반쯤 내려간 가게 안으로 끌려 들어가기 무섭게, 드르륵, 하는 소리를 들었던 걸 기억하는 그였다.

'납치?'

불현듯 머릿속을 스쳐 가는 생각이었다.

그렇다면 등 뒤에서 그를 끌어안고 입을 막고 있는 사람은 납치범이란 얘긴데……

늑대를 피하려다 그만 호랑이굴에 들어오고만 형국이랄까.

택중은 생각했다.

'아~! 어쩌다 일이 요 모양 요 꼴이 된 거지?'

애당초 이런 델 오는 게 아니었다.

뒤늦은 후회가 물밀듯 밀려들었지만 이제 와 무슨 소용일까.

택중은 자신도 모르게 눈을 감고 말았다.

바로 그때 밖에서 고함이 들려왔다.

"너 이 새끼! 한 번만 눈에 띄어! 아주 그냥 젓갈을 담가 버릴라니까!"

험악한 소리에 택중이 흠칫한 순간, 그의 귓가로 바람이 불었다.

"후~"

'흐억!'

자신도 모르게 진저리치고만 택중. 그의 귀로 들려온 것은 묵직하고 낮은 음성이었다.

"젓갈은 창난젓이 최고지."

중년의 목소리였다.

화들짝 놀라는 택중.

그의 입을 막고 있던 손이 떨어지기 무섭게 택중이 고개를 돌렸다.

어느새 몸을 일으켰는지, 사내 하나가 서 있었다.

한 줌의 빛조차 없는 공간 속에서 시커먼 그림자처럼 서 있는 사내가 택중은 두려웠다.

딸각.

두려워서인지 경쾌한 소리에도 택중은 경기를 일으키듯 몸을 떨었다.

순간 눈앞이 환해졌다.

60와트짜리 전구 하나가 붉을 밝힌 것이다.

그것만으로 어둠은 완벽히 물러갔다.

그만큼 가게 안이 좁은 탓도 있었지만, 칠흑 같은 어둠 속에서 두려워 떨던 택중이 자신의 시야가 밝아지자 상대적으로 두려움이 가신 덕택이었다.

그렇다고 택중이 긴장을 늦춘 것은 아니었다.

두 평 남짓한 가게 안에서 쪼그리고 앉은 채 올려다보는 택중의 눈동자.

그 눈에 선명하게 들어와 박히는 사내 때문이었다.

사내의 풍채는 제법이었다.

다만, 키가 조금 작았다.

국방색 잠바를 입고 있었는데, 갈색 면바지 아래 드러난 구두는…… 장교용 워커. 먼지 하나 보이지 않을 만큼 잘 닦인 구두였다.

'군인?'

절로 든 생각이었다.

택중이 이렇게 생각한 데엔 무엇보다 사내가 걸치고 있

는 선글라스가 한몫했다.

자신이 쓰고 있는 것보다 더 구닥다리인 안경테. 흔히들 잠자리 안경테라고 부르는 커다란 선글라스였다. 이른바 관광버스 운전사들의 필수품목이랄까. 이를 보면서 택중은 언젠가 TV에서 보았던 '정치 드라마' 따위를 떠올렸다.

금방이라도 '각하! 놈들을 쓸어버려야 하지 않겠습니까?' 하고 물을 것만 같은 포스다.

그럼 어쩐다?

'임자는 그래서 안 되는 기야.'

극중 인물의 목소리가 어디에선가 들리는 듯한 착각 속에 빠져 있을 때, 눈앞에 서 있던 사내가 돌아섰다.

그러면서 물었다.

"커피 한 사발 할 텐가?"

저도 모르게 고개를 끄덕이고만 택중이었다.

"예? 예……."

달그락거리는 소리 속에 중년 사내가 다시 말했다.

돌아보지도 않았다.

"박 대령이라 부르게."

"아, 예."

'정말 군인이었구나.'

순간적으로 택중의 안색이 어두워졌다.

'혹시 날 잡으러 온 건가?'

하지만 아직 총을 산 것도 아니잖아!

택중이 눈을 깜빡거리고 있을 때였다.

박 대령이 돌아섰다.

그 틈에 택중은 일어나 있었다. 그런 택중에 비해 한 뼘은 작은 중년 사내. 그가 택중의 어깨를 잡았다.

흠칫.

놀라는 택중을 접이식 의자에 앉히더니 그가 피식 웃었다.

마치 다 안다는 듯한 얼굴이었다.

찔끔한 택중이 고개를 숙인 채 종이컵에 담긴 커피를 홀짝거렸다.

그러면서 곁눈질로 박 대령을 힐끔거리는데, 선글라스 너머 눈동자가 보이질 않으니 도무지 표정을 읽을 수가 없다.

그때였다.

탁.

종이컵을 탁자 위에 내려놓은 박 대령이 말없이 택중을 은근한 눈길로 바라보는 게 아닌가.

흠칫.

택중이 마른침을 삼키는데 박 대령이 물었다.

"총 구하러 왔다고?"

"……!"

뜨악!

올 게 왔다는 심정이 된 택중은 머리칼이 곤두서는 느낌이었다.

후다닥.

몸을 일으킨 그가 자리를 박차고 나가려는데, 두툼한 손이 택중의 손목을 움켜잡았다.

"아니에요! 아니에요! 제가 안 그랬어요!"

한사코 아니라며 손사래를 치는 그였다.

말이 먹힌 걸까.

박 대령이 은근한 눈으로 택중을 보며 고개를 끄덕였다.

택중이 안도의 한숨을 내쉬는 찰나, 박 대령이 품 안에서 무언가를 꺼내 들었다.

"헉!"

총구가 자신의 가슴을 향하고 있었다.

"사, 사, 살려 주세요!"

택중이 새된 음성을 토해 내는 걸 보면서 박 대령이 피식 웃었다.

그러더니 담배 하나를 입에 물며 방아쇠를 당겼다.

딸각!

"……!"

작은 불꽃이 매달린 총구를 담배 끝에 가져가기 무섭게 연기가 피어올랐다.

"후욱! 역시 담배는 외제가 최고지."

한껏 긴장했던 탓에 기운이 빠지고만 택중. 흡사 바람 빠진 풍선 꼴이 된 그가 어깨를 늘어뜨렸다.

그런 그를 향해 박 대령이 되물었다.

"그래, 총은 구했나?"

도리도리.

택중이 고개를 숙인 채 흔들었다.

"하하하! 그런가?"

뭐가 그리 좋은지 한바탕 웃음을 터뜨린 박 대령이 얼굴을 들이밀며 다가왔다.

탁자를 사이에 두고 몸을 숙인 채 말하는 박 대령을 택중은 무의식적으로 피했다.

그럼에도, 박 대령은 살가운 미소를 머금은 채 말했다.

"내가 하나 구해 줄까?"

"……?"

"어떤가? 마음이 있나?"

순간 정적.

갈등하던 택중이 고개를 내저으려는 참이었다.

겨우 반나절도 안 되는 시간 동안 이 꼴 저 꼴 더러운 꼴은 다 당한 그였기에 진절머리가 난 터였기에.

총? 다 필요 없다!

하지만 그마저도 쉽지 않았다.

턱!

어느 틈에 박 대령의 한 손이 택중의 머리통을 붙잡고 있었다.

고개를 내저으려 해도 움직이질 않았다.

힘도 더럽게 세지.

택중은 인상을 구겼다.

동시에 마른침을 삼켰다.

그런 그를 향해 박 대령이 웃었다.

"얼마나 있나?"

"……예?"

"지금 얼마나 가지고 있느냐 말일세."

"사, 삼십만 원……."

기실 택중은 이곳에 올 때 은행에 들려 백만 원을 가지고 왔다.

그 돈으로 총이 있으면 사고, 아니더라도 이것저것 준비해 가려는 마음에서였다.

그럼에도 그가 삼십만 원만 말한 것은, 본능적으로 그래야만 한다고 생각했기 때문이다.

박 대령이 만족했다는 듯 고개를 끄덕였다.

"우선 그거라도 주게."

"……안 되는데……."

"원래 이백만 원은 주어야 하는데……. 계약금 조로 그것만 받겠다는 말일세."

"계약금이요?"

"그렇지, 계약금. 뭐가 잘못됐나?"

"그럼 진짜 총은?"

"걱정 말게."

척.

박 대령이 품에서 무언가를 꺼내었다.

손을 펼치자 모습을 드러낸 것은 접혀 있는 종이였다.

"……?"

택중이 의아해져서 바라보자, 박 대령이 씩 웃더니 종이를 펼쳤다.

낡고 헤진 종이는 어딘가 외국 잡지에서 찢어 낸 듯 보였다.

그리고 그곳엔 택중이 찾아 헤매던 게 사진 찍혀 있었다.

총이었다.

하지만 그게 뭐 어떻단 건가?

택중으로선 묻지 않을 수 없었다.

"이걸 왜?"

"내가 구해 주려는 게 이거거든."

순간 기가 막힌 택중이 실소했다.

그러곤 볼일 없다는 듯 자리에서 일어섰다.

그런 그를 박 대령이 붙잡았다.

"어허! 어딜 가나!"

"그럼, 가지. 여기서 뭐해요?"

"물건을 사러 왔으면……."

"그 물건 가지고 있으세요?"

"그야……."

택중이 고개를 저었다.

이어 사무실을 나가기 위해 걸음을 내디뎠을 때였다.

"나 박 대령이네."

택중이 돌아섰다.

그래서요?

대한민국을 거꾸로 들고 탈탈 털면 '박 대령'이라 불리는 사람이 서른 명쯤은 쏟아지지 않을까?

당신을 어떻게 믿느냐고!!

택중의 생각을 읽은 걸까?

박 대령이 피식 웃더니 다시 말했다.

"그깟 푼돈에 신용을 저버릴 만큼 타락하진 않았네."

푸…… 푼돈이라니!

택중의 얼굴이 달아올랐다.

이백만 원이란, 피 같은 돈을 감히 푼돈이라 말하는 저 무도한 작자를 택중이 무섭게 노려보았다.

그러나 이미 그땐 박 대령이 몸을 일으키며 돌아선 뒤였다.

"사흘 뒤 저녁에 오게."

"그날 저녁은 좀……."

"그럼 점심때 오게. 그리고 이거 가져가게. 혹시라도 그날 못 오게 되면 거기 적힌 전화번호로 전화하고."

박 대령 손에는 어느새 명함 한 장이 놓여 있었다.

빠르기도 하지.

택중이 얼떨결에 고개를 끄덕이며 명함을 치켜들었다.

오라! 대한 건아들이여!

박 대령이 구원해 주리라.

화투판의 면박처럼 깔끔하게 빼 주리니…….

군 입대! 더는 두려워 말지다!

어딘지 모르게 상투적이면서도, 한편으로는 묘하게 설득력 있는 카피문구를 읽으며 택중이 눈을 껌뻑일 때 박 대령이 물어왔다.

"아! 자네, 군대는 다녀왔나?"

택중이 고개를 설레설레 흔들자, 박 대령이 번개처럼 달려들어 물었다.

"군대 빼 줄까?"

택중이 대답했다.

"전……."

"……?"

"면제인데요?"

*   *   *

박 대령과 헤어져 집으로 돌아오는 길에 택중은 팬시점에 들렀다.

차를 길가에 잠시 대고 팬시점 안으로 들어갈 때지도 그는 정신을 차리지 못하고 있었다.

"휴우! 귀신에 홀린 것도 아니고."

갑작스레 벌어진 일들을 돌이켜 생각하면서 택중은 고개를 내젓고 말았다.

그러면서도 그는 피식 웃고 말았다.

겨우 잡지 사진 한 장을 보여 주면서 돈을 달라던 박 대령이 떠올랐기 때문이다.

당연히 택중이 못 믿겠다는 표정을 지어 보이자, 가슴을 탕탕 치며 당당하게 자신을 '박 대령이야!' 라고 말하던 사람.

어딘지 모르게 사기꾼 냄새가 나기도 했지만, 한편으론 묘하게 사람을 잡아끄는 사람이었다.

사실, 택중은 박 대령의 말을 믿지 않았다.

하지만, 다시 만나기로 약속한 날짜에 그를 찾아가 볼 심산이었다.

'속는 셈 치고 다시 한 번 만나 보지 뭐!'

평상시라면 절대로 하지 않을 생각이었다.

그러나 중원에 놓고 온 황금이 그를 여유롭게 만들어 주었다.

'그래, 까짓 한 번 더 수고하면 되지 뭐! 혹시 알아? 정말 그…… 박 대령이 진짜 박 대령일지?'

만일 정말이라면 택중으로선 그다지 손해가 아니란 생각이 들었던 것이다.

현역일지도 모르고, 전역한 군인일지도 모르지만 어쩐지 이번에 맺게 된 새로운 인연이 언젠가 큰 힘이 될지도 모른다는 막연한 기대감을 안겨 주고 있었다.

상념 속에서 빠져나온 택중이 여기저기서 쏟아지는 시선을 느끼며 정신을 차렸다.

가게 안에 있던 사람들은 대부분은 여자였다.

몇 명은 남자도 있었지만, 대개는 혼자 온 것이 아니라 여자 친구와 함께였던 것이다.

그런 가운데 남자 혼자서, 그것도 꾀죄죄한 복장을 한 채 가게 한가운데 멍하니 서 있는 택중이 이상해 보였던 걸까?

왠지 모르게 창피해진 택중이 그냥 나갈까 생각하고 있을 때였다.

"손님, 뭐 찾으시는 거 있으세요?"

상냥하게 웃으며 다가오는 점원. 이십대 초반의 아가씨
가 물어오고 있었다.

"저, 그러니까……."

택중이 머뭇거렸다.

그러자, 점원이 다시 물었다.

"여자 친구에게 선물하실 건가 보죠?"

"아, 아뇨."

택중이 얼굴을 붉히며 말했다.

"도…… 동생한테 줄 건데요."

"아! 그러시구나. 동생 분이 여자?"

"……예."

"어머나! 동생 분은 좋으시겠다."

점원의 말에 택중은 기분이 좋아졌다.

그사이 어색하기만 했던 상황에 익숙해진 택중은 이제
좀 더 편안하게 말할 수 있게 되었다.

"며칠 후가 생일이거든요."

"생일이요? 흠. 동생 분 나이가 어떻게 되는데요?"

"열여덟 살이요."

"그럼, 이렇게 하시면 어떨까요?"

"……?"

눈만 껌벅거리는 택중을 점원이 이끌었다.

　　　　　　*　　　　　*　　　　　*

　팬시점을 나온 택중은 거래처를 들려 몇 가지 물품을 샀
다.

　쌀이며 라면, 조미료 등과 부탄가스를 비롯한 잡다한 물
건들을 잔뜩 사서는 트럭에 싣고 오는 길에 그는 핸들을 두
드리며 콧노래를 불렀다.

　그러다가 가끔씩 옆 좌석을 쳐다보았다.

　어린아이만 한 크기의 곰 인형이 보였다.

　그리고 그의 품 안엔 머리핀이 들어 있었다.

　점원 말로는 요즘 여고생들에게 인기가 있다는 머리핀이
라고 했다.

　이걸 받고 좋아할 여동생을 생각하니 절로 기분이 좋아
지는 택중이었다.

　흥겨운 노래 속에서 택중은 목동 쪽으로 차를 몰았다.

　집으로 가기 위해선 이쪽 길보다는 가양동을 통과해서
올림픽대로를 타는 게 좋을 테지만, 그는 늘 그렇게 해 왔
다.

　끼익.

　아파트 사이에 서 있는 백화점과 붙어 있다시피 한 고층
건물이 마주 보이는 길가에 트럭을 세운 택중. 차에서 내리
진 않았지만, 그의 눈동자는 어느새 고층 건물의 위쪽으로

향해 있었다.

　팔층 정도 되는 곳에 이르러 멈춘 그의 눈동자가 살짝 떨리는 순간, 그가 다시금 핸들을 움켜쥐었다.

　'사흘 후면······.'

　공교롭게도 박대령과 약속한 날짜와 겹쳤지만, 상관없으리라.

　어차피 박 대령은 낮에 만날·테니 진아를 만나러 가는 덴 아무런 지장도 없을 터였다.

　그리고 그날 만나서 얘기하는 거다.

　이제부턴 함께 살자고······.

　'그러기 위해선 다음번에는 반드시 중원에서 황금을 가져와야겠지만······.'

　생각만으로도 흐뭇해진 택중이 서둘러 집으로 향하기 시작했다.

　그로부터 두 시간 뒤, 집에 도착한 택중은 설비 집에 전화도 했다.

　중원에서는 도시가스를 사용할 수 없으리란 생각에 보일러를 LPG가스통으로 이용할 수 있도록 고치기 위해서였다.

　다음 날에는 발전기도 사 들였다.

　중원으로 갔을 때 밤에 불을 켜지 못해 불편했던 기억 때문이었다.

이래저래 상당한 돈을 쓰고만 택중이었지만 불만은 없었다.

만사불여튼튼!

준비함에 있어서 튼튼한 것보다 중요한 것은 없으니까.

사람이 살아가는 데 필요한 최소한의 물품을 장만하고, 그거로도 모자라 여기저기서 온갖 것들을 구입해 집에 들여 놓았다.

또한, 팔아 치울 만한 것들을 선별해 트럭에 가득 실어 놓은 뒤에야 택중은 만족스럽게 웃을 수 있었다.

사흘째 되던 날, 택중은 아침 햇살을 받으며 눈을 떴다.

우우우웅.

몇 차례 부르르 떨어 댄 뒤, 스마트 폰에서 느닷없이 터진 음성.

오빠 언능 일어나! 아잉~ 언능~!

'오늘이었지?'

박 대령을 만나기로 한 날이 오늘이란 걸 잊지 않고 있던 택중이었다. 또한 무엇보다도 오늘은 여동생의 생일이기도 했다.

무언가 알 수 없는 기대감이 드는 그였기에 상쾌한 기분 으로 몸을 일으켰다.

그리고 놀랐다.

"아우, 깜짝이야!"

"오랜만이네요?"

은설란, 그녀가 배시시 웃고 있었던 것이다.

제11장
불청객들

택중은 어처구니없다는 표정으로 그녀를 보았다.

"당신이 어째서 여길?"

이렇게 묻고는 있었지만, 이제 그는 충분히 알고 있었다.

자신이 중원을 오갈 수 있다는 것쯤은. 그럼에도 그는 당황하지 않을 수 없었다.

'왜 하필!'

오늘이란 말인가!

박 대령과의 약속이야 없는 셈 치면 그만이지만, 여동생을 찾아가기로 마음먹은 날인데…….

'까짓! 다음에 가면 되지!' 라고 말할 수도 없는 택중이었다.

일 년 중에 단 한 번뿐인 날이니까.

사실 그동안 택중은 바쁘다는 핑계로 여동생에게 잘 찾아가지 않았다.

심지어는 생일도 선물을 직접 주지 않았다.

택배로 보내곤 했던 것이다.

그러나 실상은 조금 달랐다.

현재 꽤 잘사는 집의 양녀가 되어 있는 여동생이 자신을 보곤 창피해할까 봐 되도록 찾아가지 않았던 것이다.

그렇게 여동생을 만나지 못한 것도 벌써 삼 년이 넘었다.

그러던 차에 이번에 드디어 만나려고 마음먹었던 그였다.

그게 다 집도 사고 돈도 벌면서 자신감이 생긴 덕분이었지만, 어찌 되었든 이번에 만나면 같이 사는 문제를 상의해 볼 생각이었던 것이다.

한데…….

'제길!'

일이 틀어져 버린 데에 잔뜩 화가 난 그였다.

하지만, 잘 생각해 보면 그게 은설란 탓은 아니지 않은가?

택중은 이내 화를 가라앉히며 말문을 열었다.

그럼에도 여전히 말투는 곱지 않았다.

"왜 왔는데요?"

그러면서 그는 한편으로 생각했다.

'아침 댓바람부터 들이닥치긴! 이거야 원 문을 잠그든가 해야지.'

틀림없이 대문을 잠그지 않아서 그런 것이라 여긴 것이다.

"급히 떠날 일이 생겨서, 인사차 들렀어요."

"……그래요?"

'가면 가는 거지. 뭘 또 인사람?'

생각과는 다르게 그가 물었다.

"얼마나 오래 있다고 오려고 인사까지 하러 오고 그래요?"

"한 열흘쯤 걸릴 거예요."

"응? 그건 좀 곤란한데…….."

"……?"

"아니, 장도 봐야 하고, 이런저런 일들도 알아봐야 하는데……. 헤헤, 내가 길을 모르잖아요?"

어느새 웃음을 흘리는 그를 은설란이 옅은 미소를 머금은 채 바라보자, 택중이 시선을 돌렸다.

언제는 뚱한 표정으로 보다가 막상 그녀가 꽤 오랫동안 오지 않는다고 하자, 그런 반응을 보였으니 택중으로서도 민망했던 것이다.

그러거나 말거나. 금세 헛기침을 내뱉으며 그가 말했다.

"그럼, 누구라도 좋으니 사람 좀 붙여 주고 가요."

"그럴게요."

이렇게 말하곤 은설란이 일어섰다.

그러면서 그녀가 묘한 눈초리를 해 보였다.

'지금 세상이 당신 때문에 발칵 뒤집혔다고요. 그런데 당신이란 사람은…….'

돌아서는 그녀의 눈가에 기묘한 미소가 매달렸다.

"그럼, 빨리 다녀올게요."

"예, 예. 그러세요."

은설란이 돌아섰을 때였다.

"자, 잠깐만요!"

"……?"

"저, 돈 좀 줄래요?"

"아! 지금 당장이요?"

택중이 현실 세계와 중원을 오가는 가운데, 덩달아 정신이 없었던 자신이 아직 칼을 구입한 대금을 지급하지 않았다는 걸 은설란이 기억하곤 당황한 표정을 지어 보였다.

'아! 정말 까맣게 잊고 있었다!'

더구나 담보 차원에서 소중하기 짝이 없는 목걸이를 생판 모르는 남이라 할 수 있는 택중에게 맡겨 놓았는데도 잊고 있었다니…….

'어째서지?'

택중을 이상한 눈으로 쳐다보는 은설란이었다.

그런 그녀의 마음을 아는지 모르는지, 택중이 조금 민망하다는 표정을 지어 보이며 말했다.

"제가 돈이 없잖아요."

"그 돈들은 다 어쩌고서……?"

물론 황금이라면 궤짝 채로 가득 있다.

하지만 그걸 들고 나가기엔 뭔가 부담스럽지 않은가.

게다가 한 푼도 낭비하고 싶지 않았다.

들어와 주머니 속에 굳은 돈과 아직 받지 못한 돈 중 택하라면 당연히 후자였던 것이다.

택중이 머리를 긁적였다.

"거, 머시냐…… 은자라고 했던가? 그게 없잖아요? 그러니까……."

그제야 은설란은 눈치챘다.

택중이 은자를 지니고 있지 않다는 걸 알게 된 것이다.

스윽.

은설란이 품에서 전낭 하나를 꺼내어 주면서 말했다.

"마흔 냥이에요."

"대금에서 까죠."

끄덕.

고개를 끄덕인 은설란이 발길을 돌렸다.

은설란이 가고 난 후에 택중은 잠시간 누운 채로 멍하니 있었다.

이상한 기분이 들었던 것이다.

뭐랄까. 혼자가 된 듯한 느낌이랄까?

딱히 그녀에게 다른 감정이 생긴 건 물론 아니었다.

그런 쪽이라긴보단……

'젠장! 이제부터 뭘 어쩐다지?'

정말이지, 말 그래도 홀로 남겨진 기분이었던 것이다.

그것도 아무것도 모르는 이상한 세계에 말이다.

꼭 부모님이 사고로 돌아가시고 난 후, 여동생과 둘만 되었을 때로 돌아간 것만 같았다.

누워서 천장만 멀뚱히 바라보던 택중이 갑자기 몸을 일으켰다.

그러곤 잽싸게 튀어 나가 마당 한가운데 섰다.

휙!

한쪽에 세워 둔 삽자루를 움켜쥔 그가 무서운 눈길로 마당 한복판을 쏘아보았다.

휙휙휙!

무섭게 땅을 파기 시작하는 택중이었다.

그로부터 삼십 분 남짓.

한 번 파 놓았던 땅이라서인지, 처음보단 수월케 파지는 마당이었다.

이윽고 눈앞에 궤짝 뚜껑이 보이자, 그제야 택중은 안심했다.

끼이익.

뚜껑이 열리고 휘황찬란한 황금빛이 솟구치자, 그는 아예 털썩 주저앉은 채 궤짝을 얼싸안았다.

그러곤 금방이라도 침을 흘릴 듯한 표정으로 히죽 웃었다.

"흐흐흐. 보고 싶어 죽는 줄 알았쩨요~!"

어느새 그의 인중이 길게 늘어나며 해괴한 얼굴을 하고 있었다.

"으음~ 쪽!"

연거푸 입술을 맞추며 해맑게 웃던 그가 마침내 웃음을 터뜨렸다.

"크헤헤헤헤! 이제, 이 형아가 널 꺼내 줄게. 우리 이제 다시는 헤어지지 말자!"

덜컹!

뚜껑을 도로 닫은 택중은 궤짝을 들어 올리려 했다.

하지만 황금이 그득 들은 궤짝은 무거워도 너무 무거웠다.

그럼에도 그는 그걸 끌어내고야 말았다.

하기야 죽는 한이 있어도 황금 궤짝을 포기할 그가 아니었으니까.

궤짝을 질질 끌다시피 해서 마루를 지나 안방으로 들어

섰을 때, 그의 눈동자에 비친 것은 다름 아닌 다락방이었다.

좁다란 계단으로 궤짝을 끌고 올라갈 생각을 하니 순간 눈앞이 캄캄해진 그였지만 이내 고개를 내저으며 주먹을 불끈 쥐어 보이는 택중. 그가 나직하게 말했다.

어딘지 모르게 굳센 의지가 담긴 말투였다.

"버는 것보다 잃지 않는 게 중요해!"

트럭에서 가져온 밧줄을 이용해 몇 차례의 시도 끝에 다락으로 통하는 계단 위로 궤짝을 끌어 올린 택중이 다락문을 닫는 소리가 집안을 울렸다.

*   *   *

항주로 향하는 마차 안에서 은설란이 눈을 감고 있었다.

지난 며칠간의 일을 떠올리는 중이었다.

당연히 그 중심엔 택중이 있었다.

"풋!"

생각할수록 이상한 사내다.

원래대로라면 그다지 머리가 나쁜 택중이 아니었지만, 그녀의 눈에 비친 그는 어딘지 모르게 얼뜬 모습이었으니까.

어쩌면 당연한 일이다.

아무래도 택중의 입장에서는 현실 세계라 할 수 있는 한국과 과거 세계라 할 수 있는 중원 간에는 메울 수 없는 간격이 있었고, 그로 인해 비롯된 오해를 이해하기엔 그녀는 택중의 사정을 너무 모르기 때문이었다.

어찌 되었든 그녀의 입장에선 이상한 것만은 사실이었다.

입고 있는 복장도 그렇고, 먹고 마시는 음식도 전부 이상하다.

게다가 살고 있는 집조차도 난생처음 보는 구조였다.

뭐 여기까지는 그래도 이해할 수 있었다.

중요한 것은 사람……

무공을 익힌 것 같지는 않은데, 그렇다고 무시하자니 어쩐지 뭔가를 놓친 것만 같아 개운치가 않다.

뿐인가.

택중의 발음도 이상하고, 하는 행동도 꼭 장사치 같았던 것이다.

그럼에도, 그녀는 여전히 믿고 있었다.

'틀림없어. 신기자의 전인이야.'

그가 펼쳐 보였던 수많은 물건이 그녀가 그렇게 믿게끔 하고 있었다.

한데 이상한 것은 그토록 많은 신병이기들을 어째서 이곳에 와서 풀어 버리는 걸까?

굳이 말하자면, 정도맹으로 가는 편이 훨씬 좋지 않았을까?

솔직히 무림인으로선 흑도보단 백도 쪽이 나을 터인데. 대우도 그렇거니와 그로 인해 얻게 될 명성도 이쪽에서와는 비교도 안 될 게 뻔하다.

'뭔가 사연이 있나?'

그건 그렇다 치고, 이상한 점은 이외에도 한둘이 아니었다.

사실 무림에서 신병이기의 가치는 돈으로 그 값어치를 매길 수 있는 게 아니었다.

당연하지 않은가.

이제 막 초절정 고수의 반열에 든 사람이라도 신병이기 한 자루면 곧바로 절대 고수가 될 수도 있는 노릇이니.

또한, 무림의 세력 간 싸움에서 누가 뭐래도 고수의 존재는 승패의 향방을 결정지을 중요한 요소라 할 수 있으니, 정도맹이고 흑사련이고 간에 눈에 불을 켜고 달려드는 건 너무도 당연하다.

그런 마당에 흑사련에 와서는 신병이기들을 거의 헐값에 몽땅 넘기는 것인지, 도무지 이해할 수가 없는 그녀였던 것이다.

'그 가치를 잘 모르는 건 아닐 텐데?'

생각할수록 점점 더 알 수 없게 된 그녀였다.

덜컹.

흔들리는 마차 안에서 결국 그녀는 고개를 한차례 내젓는 것만으로 택중에 대한 생각을 떨쳐버렸다.

그러곤 이내 항주의 일을 떠올렸다.

불과 얼마 전까지만 해도 불가능해 보였던 일을 해낸 동료들을 치하하기 위해 그녀가 항주로 향하고 있는 것은 아니었다.

택중으로부터 넘겨받았던 칼들을 회수하기 위해 가고 있는 터였다.

모쪼록 어렵게 탈환한 항주였기에, 어지간하면 천비신도를 그대로 남겨 주는 게 좋겠지만 그러기엔 천비신도의 가치가 너무 크다는 데 문제가 있었다.

게다가 정도맹 놈들이 어지간히 간덩이가 부은 게 아니라면 이번에 그처럼 크게 데이고도 함부로 쳐들어올 리 없다는 계산이 깔려 있었던 것이다.

그렇게 회수된 천비신도는 다른 곳을 공략하는 데 쓰이게 될 터였다.

대신 열화비탄을 몇 통 주어서 항주의 방비를 더욱 튼튼하게 할 생각이었다.

여기까지 생각한 은설란이 마차의 창밖으로 시선을 내던졌다.

유난히 긴 속눈썹이 그녀의 맑은 눈동자를 반쯤 가리며 신비로운 분위기를 만들어 내고 있었다.

그러다 불쑥 그녀가 중얼거렸다.

"정말이지……."

다가오는 여름이 무색할 만큼 싱그러운 바람결에 그녀의
머리칼이 흩날렸다.

"맛있었는데……."

어느새 택중이 끓여 주었던 라면 국물을 떠올리곤 마른
침을 삼키고 있는 그녀였다.

*   *   *

"오홋! 그런 거구나!"

방바닥에 배를 깔고 누운 채 뒹굴 거리는 택중. 그의 두
손에는 비교적 작은 크기의 책이 들려 있었다.

표지는 온통 붉고 검은색으로 물들어 있었고, 화려하게
그려진 칼날이 섬뜩한 빛을 내뿜고 있었다.

그 위에 선명하게 새겨진 네 글자.

절대무쌍(絶對無雙)

"낄낄낄. 이거 완전 똘아이네! 우헤헤헤! 진짜 웃긴다!"

택중은 뭐가 그리 좋은지 방바닥을 데굴데굴 구르며 웃
음을 터뜨렸다.

그러다가 얼마 뒤엔 자리에서 상체를 일으키고 앉아 심각한 표정으로 책을 들여다보았다.

금방 전 낄낄대던 모습이 무색할 만큼 집중하는 그였다.

지금 막 책 속의 주인공이 위기에 처해 검을 뽑는 장면이었기에 때문이다.

꾸욱.

책을 움켜쥔 그의 손에 힘이 들어가는 순간, 택중의 눈동자가 급격히 흔들렸다.

저도 모르게 흥분한 택중이 코를 벌름거렸다.

그만큼 책 속의 주인공이 보여 주는 카리스마가 가히 압도적이었기 때문이다.

"하아! 완전 멋지다!"

긴 한숨과 함께 책을 내려다 놓은 그가 망연자실 허공을 쳐다보았다.

어느새 그의 머릿속에는 자신이 무림의 주인공이 되어 하늘을 날고, 땅을 박차며 검강을 뿌려 대는 모습이 떠올라 있었다.

택중은 이미 현실에서 벗어나 무림의 무한한 세계에 빠져들고 있었던 것이다.

모르는 사람이 본다면, '미친놈'이란 말이 절로 나올 법한 모습이었지만, 그가 이러는 데엔 이유가 있었다.

지금 그가 읽고 있는 것은 다름 아닌 무협 소설이었기 때문이다.

무협 소설.

이제껏 살아오면서 단 한 번도 무협 소설은커녕 만화 한 권 제대로 본 적이 없는 그로서는 그야말로 신세계나 다름없었다.

물론 이전에도 무협 영화는 몇 번 보았다.

하지만 그거로는 조금 부족하다는 생각에서 비롯된 일이었다.

그가 이번에 무협 소설을 읽게 된 것은 그가 당장에 처한 현실과 무관하지 않았다.

현실과 중원을 오가게 된 후, 중원에 관하여 자신이 지닌 지식이 무척이나 적다는 걸 깨달은 그가 참고 자료로 선택한 것이 바로 무협 소설이었던 것이다.

이를테면 무협 소설은 참고서였다.

어찌 되었든 그 덕분에 지금 그는 생전 처음 무협 소설을 읽는, 사치 아닌 사치를 누리는 중이었다.

방금 마지막 페이지를 읽고 덮은 1권을 내려놓고 다시금 2권을 집어 든 택중. 한참 동안 시간 가는 줄 모르고 또다시 몰두해 책을 읽기 시작하던 그가 갑자기 눈물을 글썽이기 시작했다.

남궁세가를 지키던 여인을 남겨 두고 주인공이 떠나가는 장면을 보는 중이었다.

그때였다.

띵동~

차임벨이 울리는 순간, 택중은 상상의 세계에서 현실로 되돌아왔다.

동시에 불쾌한 표정과 함께 불만이 터져 나왔다.

"에잇! 대체 누구야!"

일어서면서도 책을 손에서 놓지 못하며 미련을 떨치지 못하던 택중. 결국, 책을 든 채 일어설 수밖에 없었다.

띵동띵동~

계속해서 차임벨 소리가 들려오고 있었기 때문이다.

"나가요!"

벌떡 일어난 그가 방을 뛰쳐나가고 난 후, 절대무쌍 1권만이 남겨져 방바닥에 뒹굴었다.

그리고 잠시 뒤 천장에서 기이한 일이 벌어지기 시작했다.

쉬악!

공에서 바람 빠지는 것 같은 소리가 들리는가 싶더니 방안 구석의 바로 위, 천장에 주먹만 한 구멍이 생겨난 것이다.

정말 쥐도 새도 모를 만큼 빠른 움직임이었다.

그리고 시커멓게 뚫린 구멍으로 길고 날카로운 눈 하나가 모습을 드러내고 있었다.

천장 위에서 아무도 없는 방 안을 휘이 둘러보던 눈알에서 이상한 빛이 뿜어져 나왔다.

'절대무쌍?'

대부분은 글자도 아닌 것이 이상한 기호 같은 것들이 쓰여 있긴 했지만, 표지에 선명하게 적혀 있는 한자는 다름아닌 절대무쌍.

택중을 감시하기 위해 급파된 공달(孔達)은 날카로운 눈빛을 흘렸다.

'뭐지? 혹시……?'

그의 눈동자가 사납게 번뜩였다.

그 순간 그는 갈등했다.

그가 보건대 절대무쌍이란 책이 예사롭지 않았던 까닭이다.

뭐랄까.

저 화려한 표지. 그리고 날렵하게 휘갈겨 쓴 제목 하며 한눈에도 무공 비급이란 걸 알아챌 수 있었던 것이다.

설사 무공 비급이 아니라 치더라도 절대로 예사롭지 않은 물건임을 간파한 그였다.

'흐음, 어쩐다지?'

그런 그였지만 망설이지 않을 수 없었다.

추풍객(追風客) 공달.

바람을 쫓을 만큼 엄청난 경공을 지녔다고 해서 무림인

들이 붙여 준 별호인 만큼, 그가 지닌 실력은 진짜배기였다.

그런 그가 하려고만 마음먹는다면 아미파 장문인인 해연신니의 속곳을 훔쳐 오는 것쯤 아무것도 아닌 것이다.

아무튼지 간에, 지금 그는 정말 심각하게 고민하는 중이었다.

'저걸 쎄벼?'

하지만, 이내 고개를 내젓는 그였다.

'아냐, 아냐! 그러다가 들키기라도 하면?'

그런가 하면 또다시 고개를 내저으며 눈에 힘을 주었다.

그의 시선을 완전히 사로잡은 책. 절대무쌍을 바라보면서.

'기회가 또다시 온다는 보장이 없잖아!'

공달이 마침내 결심했는지 한차례 이를 악물었다.

그러곤 은밀히 움직이려는 찰나였다.

'⋯⋯!'

천장 저편에서 기척을 느낀 것이다.

흠칫.

공달이 고개를 돌리는 순간 어둠 속에서 두 개의 시선이 마주쳤다.

'어디지? 흑사련? 아니지! 흑사련 놈들이 굳이 숨은 채 그를 감시할 필요가 없잖아! 그럼 누구지?'

공달의 얼굴에서 시시각각 표정이 변하고 있었다.

그때 어둠 저편에서도 같은 일이 벌어지는 중이었다.

공교롭게도 같은 시각, 하필 같은 장소에 침투한 두 사람은 마른침을 삼키며 서로를 바라보았다.

공달은 머리를 굴리며 상대방의 움직임을 놓치지 않으려 애썼다.

'제길! 아무튼지 간에 놈에게 넘겨 줄 수는 없다.'

이렇게 되자, 그는 더 이상 고민만 하고 있을 수는 없었다.

샤사사사삭.

한순간 몸을 움직이는가 싶더니 그가 천변만화라 불리는 환술을 펼쳐 냈다.

그야말로 연기처럼 사라진 그가 어느 틈에 방 안 바닥을 딛고 서 있었다.

대체 어떤 방식으로 펼쳐 낸 것인지 알 길이 없었지만, 천장을 부수지도 않은 채 모습을 드러낸 공달이 무서운 속도로 손을 뻗어 갔다.

목표는 절대무쌍!

슈악!

하나 그는 목적했던 바를 달성하지 못했다.

어느 틈에 방 안에 모습을 드러낸 복면인 하나가 마주 손을 뻗어 오는가 싶더니 두 개의 손이 허공중에서 격돌한 것이다.

타다다다다다닥!

연거푸 울리는 타격음 속에서 두 사람은 각자 혼신의 힘을 다해 살수를 펼쳐 냈다.

어차피 무림은 약육강식의 세계.

힘 있는 자가 모든 걸 차지하는 법.

은형과 잠복을 특기로 한 첩자인 그들이 비록 대낮에 얼굴을 내밀고 다닐 처지가 아니었지만, 그럼에도 분명 서로 간에 수준 차이란 게 존재하고 또 때때로 지금처럼 마주칠 때면 결국 승자만이 원하는 걸 거머쥐는 것이다.

바로 지금처럼.

공달은 조금도 물러서지 않고 자신이 지닌 기량을 펼쳐 냈다.

한 번 휘두른 손짓에 대기가 일렁이고, 바람이 일면서 살을 파고드는 살기가 방 안을 가득 메웠다.

타다다다다다닷!

가차 없이 펼쳐진 무서운 수공(手攻)이 허공중에서 격렬하게 교차하고 있었다.

바로 그때였다.

덜컹!

문이 열리며 택중이 뛰어 들어왔다.

"웅? 무슨 소리가 들린 것 같은데?"

택중이 고개를 갸웃하며 가방을 뒤적였지만, 그땐 이미 공달과 복면인은 장롱 속으로 몸을 숨긴 뒤였다.

좁아터진 장롱 안에서 그들 두 사람은 기척을 없앤 채 숨을 참고 있었던 것이다.

'크, 큰일 날 뻔했다!'

싸우는데 열중해서 그만 택중이 다가오는 걸 눈치채지 못하다니.

공달이 식은땀을 흘리고 있을 때였다.

"에잇, 하필이면 지금 가지러 오는 건 뭐람. 아, 여기 있네."

뭔가를 찾으러 들어왔던 건지, 택중이 다시 나가는 소리가 들렸다.

한참이 지나도 더 이상 아무런 기척이 느껴지지 않자, 두 사람은 장롱 문을 벌컥 열고는 참았던 숨을 토해 냈다.

"헉헉헉!"

공달이 숨을 몰아쉬고 있을 때였다.

쐐액!

비단을 찢는 듯한 파공음이 들려왔다.

"헛!"

공달이 뒤로 훌쩍 뛰어오르며 손을 내저었다.

타다다다다다닥!

그때부터 다시금 시작된 공방.

'헛! 이놈 봐라!'

자신이야말로 정도맹 최고의 침투조라고 자부하던 공달이었기에 놀라지 않을 수 없었다.

자신과 막상막하의 실력을 보이고 있는 상대방이 너무나 놀라웠던 것이다.

결국, 그는 비장의 한 수를 꺼내지 않을 수 없었다.

후웅!

뒤로 밀려났던 공달의 왼손이 진동을 일으키는가 싶더니 앞으로 쭉 뻗어 나왔다.

동시에 오른손이 현란한 움직임을 보이며 대기를 희롱했다.

파바바바밧!

오른손이 상대방의 손을 연거푸 쳐 내는 사이, 그의 왼손이 벼락같이 상대방의 가슴을 때렸다.

물컹!

'헉! 여, 여인?'

깜짝 놀란 공달이 재빨리 손에서 힘을 뺐지만, 이미 상대방은 울컥하며 피를 게워 내고 있었다.

그러면서도 끝내 핏방울을 바닥에 흘리지 않기 위해 한 손으로 입가를 틀어막는 여인.

'독한 년!'

복면 사이로 드러난 맑은 눈동자를 보면서 공달이 멈칫

했을 때였다.

터벅터벅.

발걸음 소리가 들려왔다.

"……!"

"……!"

누가 먼저랄 것 없이 두 명의 침투조는 동시에 침을 삼켰다.

"잠시만 기다리세요. 준비하고 나올게요."

택중의 음성이 들려오는 순간, 두 개의 그림자가 마치 꺼지듯 사라졌다.

<u>스스스스</u>.

방 안에 굴러다니던 절대무쌍 1권과 함께.

"근데, 뭘 사야 하지? 에라 모르겠다. 가 보면 알겠지."

안방으로 들어선 택중은 절대무쌍 1권이 사라진 걸 눈치채지 못했다.

서둘러 나갈 준비를 했기 때문이다.

택중은 현실 세계에서 가져온 가방을 짊어졌다.

거기엔 이런저런 잡다한 물건들이 들어 있었지만, 그래도 남은 공간이 충분했다.

굳이 안에 들어 있던 내용물을 쏟아 낼 필요는 없을 듯했다.

그는 흡사 권투 샌드백처럼 생긴 배낭을 메고는 돌아섰

다.

그러곤 다락으로 통하는 문을 바라보았다.

문에는 주먹만 한 자물통들이 무려 다섯 개나 달려 있었다.

뿐만 아니라 다락에 달린 창문은 판자로 막아 둔 상황. 어지간한 도둑이라도 함부로 뚫고 들어올 수 없다고 믿는 그였다.

하지만…… 어딘지 모르게 불안하기만 그였다.

'이럴 줄 알았으면 금고를 사 오는 건데…….'

입맛을 다시며 돌아선 그가 방을 빠져나고 난 후, 공달은 천장에 배를 바짝 붙이고 누운 채 다락문을 뚫어지라 쳐다보았다.

그러면서도 그는 생각했다.

'무언가 있다!'

틀림없는 감. 그가 정도맹 최고의 침입조가 될 수 있었던 진짜 무기가 막 눈을 뜨는 순간이었다.

스윽.

뭔가 결심을 굳힌 눈을 한 그가 고개를 돌렸다.

어두운 천장 안, 그곳에는 사람은 없고 핏자국만이 남겨져 있었다.

스스스스.

먼지가 바람에 흩날리듯 은밀히, 그러면서도 조심스럽게

움직인 그가 손가락으로 피를 찍어 눈앞으로 가져왔다.

'대체 누구지?'

의아한 눈빛을 해 보인 공달이 고개를 내젓더니 몸을 흔들었다.

바람처럼 사라지는 공달. 그의 뇌리에 다락방을 털 계획들이 수십 가지 떠오르는 순간이었다.

*　　　*　　　*

"무치라고 불러 주십시오."

현관문을 잘 잠그고 대문까지 확실히 잠금 후 밖으로 나오자, 사내가 말했다.

하지만 택중은 대꾸하지 않고 있었다.

대로를 따라 늘어서 있는 건물들을 바라보느라 정신이 없었던 것이다.

높다란 중국식 건물들이 길가를 따라 서 있었고, 수를 헤아릴 수 없는 사람들이 오가고 있었던 것이다.

그리고 그들 모두는 현실 세계에서 흔히 보아 왔던 것과는 다른 모습이었다.

'오! 완전 황비홍인데?!'

지금 막 그의 옆을 지나가는 사내는 앞머리가 훌렁 까지지 않은 것만 빼면 황비홍처럼 보였던 것이다.

택중은 피식 웃으며 또 다른 곳으로 시선을 돌렸다.

그러다 문득 자신이 동행에 대해 잊고 있다는 걸 깨닫고는 고개를 돌렸다.

"뭐라고 그러셨죠?"

그가 묻자, 무치(武痴)는 무표정한 얼굴로 대답했다.

"아닙니다."

무뚝뚝한 사내였다.

그제야 택중은 사내를 위아래로 훑으며 생각했다.

'흠, 덩치 참 크네. 근데, 꽤 과묵한 사람이군.'

겉으로 드러난 외형만큼이나 무치라는 사내는 눈빛이 깊었다. 아마도 상당한 수련을 거쳤는지 온몸이 근육으로 뒤덮여 있었다.

천상 무인이라고밖엔 말할 수 없는 그런 사내였던 것이다.

게다가 일전에 만났던 탁 뭐시기와는 달리 믿음을 주는 자였다.

"이쪽으로."

대로를 한참 걸어가다가 골목으로 안내하는 그를 따라 택중이 걸음을 옮겼다.

좁다란 골목 안 또한 이색적인 풍경이 펼쳐져 있었다.

"우와! 저 아저씨, 대단한데요?"

기다란 막대기 여러 개를 두 손에 들고, 그것만으로도 모자라 맨발을 한 왼발 발가락에 막대기를 낀 채 접시를 돌리고 있는 중년인을 보면서 택중은 신기하다는 듯 손뼉을 쳤다.

"오! 이것 좀 봐요!"

그러다 갑자기 탄성을 내지르며 어디론가 쪼르르 달려가는 택중. 그런 그를 무치는 아무런 표정도 없이 뒤쫓을 뿐이었다.

택중이 달려간 곳엔 장신구를 늘어놓고 파는 좌판이었다.

그곳엔 그야말로 형형색색의 장신구들을 팔고 있었다.

여인들이 사용할 법한 빗이며, 거울, 그리고 온갖 비녀와 귀고리, 목걸이……

사고 파는 데 이력이 난 택중으로서는 그 모든 것이 돈으로 보이는지 한동안 눈을 떼지 못하고 있었다.

하지만 실상은 좀 달랐다.

그의 얼굴엔 그늘이 내려앉아 있었다.

'진아에게 어울릴까?'

생일을 지나쳐 버린 데 대한 미안함 때문인지, 그는 여동생 생각을 하고 있었던 것이다.

'그래. 이번에 돌아가면 꼭 진아를 만나 보자.'

마음을 굳힌 택중이 그제야 밝게 웃었다.

그런 뒤에야 그는 눈앞에 있는 물건들을 제대로 볼 수 있었다.

'호오! 꽤 괜찮잖아!'

중국산은 후지다는 선입견을 품고 있던 그였지만, 이제 그 생각은 떨쳐 버려야 할지도 모른다고 생각하는 택중이었다.

그만큼 눈앞에 있는 물건들은 그 질이 무척 좋았던 것이다.

생각 같아선 모조리 사서 집으로 들고 가고 싶었지만, 일단은 참고 보는 그였다.

'우선은 장부터 보고 나서.'

시간은 얼마든지 있다고 생각했던 것이다.

그랬다.

택중은 이제 대충 알 것 같았다.

라디오가 언제 어떻게 작동하는지는 여전히 알 수 없었지만, 분명한 것은 디스플레이 창에 디지털 숫자가 돌아갈 때만 중원에 와 있게 된다는 걸 알게 된 것이다.

당연히 숫자가 멈추는 순간, 그는 또다시 현실 세계로 돌아가게 된다는 것도 알고 있었다.

물론 여기엔 여전히 해결되지 않는 문제가 내포되어 있었다.

다름 아니라, 그 숫자가 언제 멈추고 다시 줄어드는지 알 길이 없다는 데 문제가 있었다.

아무리 생각해도 그걸 미리 알아낼 방도가 없었다.

결국 택중은 그 부분에 대해선 포기하고 말았다.

그리고 한 가지 더.

그 숫자가 0이 되지 않는 한 그가 계속해서 현실 세계와 중원을 오가게 되리라는 걸 알아챈 것이다.

그러니 성급하게 굴 필요가 없다.

천천히 여기와 현실 세계를 오가며 물건들을 사들이고 되팔면서 한몫 제대로 잡는 거다.

'크흐흐흐흐. 완전 노난 거지.'

그러기 전에 우선은 이곳에서도 먹고 살 수 있는 준비를 하는 게 먼저였지만.

"야채 가겐 없나요?"

"채소 말입니까?"

"예, 채소."

어지간한 건 저쪽 세상에서 가져왔지만, 신선도가 필요한 것들은 하나도 사 오지 않았던 탓이다.

날이 점차 더워지는데다가, 아직 전기를 만들어 낼 발전기를 설치하지 않아서 냉장고를 쓸 수 없었기 때문이다.

택중의 질문에 잠시 고민하는 눈치더니 무치가 그를 이끌고 어디론가 향했다.

무치가 택중을 이끌고 간 곳은 어느 골목 안의 채소 가게였다.

처음 택중을 맞이한 상점 주인은 그의 행색을 보곤 이상한 눈초리를 보냈지만, 곧이어 채소들을 사겠다며 은자를 꺼내 놓자 금세 헤실 거리며 사람 좋은 웃음을 띠었다.

배달해 준다며 연방 손을 비벼 대는 상점 주인을 뒤로하고 다시 거리로 나선 택중은 이때부터 본격적으로 장보기에 돌입했다.

여러 가지 식자재와 갖가지 물건들을 구입하는 데 필요한 은자는 은설란에게 받아 두었으니 걱정이 없었다.

은자 마흔 냥이면 모자랄 일이 없으리란 걸 골목을 누빈 후에야 알게 된 그였다. 물건값이 상당히 쌌던 것이다.

그로부터 두 시간이 넘도록 거리를 쏘다닌 후, 택중은 녹초가 되어 돌아섰다.

그런 그의 뒤로 무치가 여전히 굳건한 자세를 잃지 않고 따라붙었다.

그들 두 사람이 막 대로로 접어들려고 할 때였다.

사박사박.

바닥을 스치는 미묘한 울림과 함께 두 여인이 모습을 드러내었다.

안 그래도 힘이 빠져서 어깨를 늘어뜨리고 고개를 숙인 채 걷던 택중이 모퉁이를 돌고 있었으니, 그녀들과 부딪히게 된 것은 어쩌면 당연했다.

무치는 이미 여인들을 발견한 뒤였지만, 그들에게서 느껴지는 기척에서 어떠한 적의나 살기도 느끼지 못했기에 나서지 않고 있었다.

　"탁!"

　"어멋!"

　햇볕을 가리기 위해 쓰고 있던 비단 양산이 허공으로 떠오른 순간, 여인이 뒤로 넘어지며 엉덩방아를 찧었다.

　동시에 택중 역시 크게 비틀대다가 발이 꼬이며 고꾸라졌다.

　"아이야!"

　넘어지면서 팔꿈치가 까졌는지 시큰한 느낌이 든 택중이 인상을 쓰고 있는데, 놀란 음성 하나가 날아들었다.

　"아가씨!"

　시녀로 보이는 여인이 황급히 달려들어 방금 넘어진 여인을 일으켜 세우는 게 보였다.

　그 모습에 택중이 얼른 일어나며 소리쳤다.

　"어디 다치진 않았어요?"

　그런 그를 여인이 고개를 쳐들고 바라보았다.

　고운 아미를 살포시 찡그리고 있던 여인이 맑게 웃으며 고개를 끄덕였다.

　택중이 한 손으로 머리를 긁적이며 외쳐 물었다.

　"이거 죄송해서 어쩌죠?"

　그때 자리에서 일어선 여인이 고개를 숙이며 입술을 살짝 움직였다.

말소리를 내지 않으면서 의사를 전하는 전음입밀(傳音入密), 즉, 전음의 수법이었다.

—저자가 틀림없겠지?

—예. 틀림없어요.

—……좀 얼뜬데?

—……그래도 틀림없어요.

그녀의 등 뒤에 서 있던 시녀가 바삐 손을 놀리며 여인의 옷에 묻은 먼지를 털고 있었다.

그런 그녀를 보는 무치가 눈가를 좁혔다.

딱히 뭐라고 말할 수는 없지만, 어딘지 모르게 창백해 보이는 시녀의 얼굴에서 위화감을 느낀 탓이었다.

이를 아는지 모르는지, 택중이 계속해서 고개를 숙여 보이며 미안해하고 있었다.

"호호홋! 그렇게 미안해하시면 어떡해요."

"예?"

"저 역시 이곳이 처음이라 헤맨 탓도 있는 걸요."

"아, 그러셨군요."

"그래서 말인데……. 혹, 괜찮으시면 어디 괜찮은 객잔 좀 알려 주실래요?"

"어…… 저도 여긴 잘 몰라서……."

택중이 고개를 돌려 무치를 보았다.

한데 무치는 무슨 생각을 하는지 아무런 표정 변화도 보이지 않고 있었다.

택중은 묻지 않을 수 없었다.

"무치 씨, 혹시 맛집 아는 데 있어요?"

"……?"

"맛있는 식당 말이에요."

끄덕.

무치가 고개를 끄덕이자, 택중이 환한 표정을 짓고는 고개를 돌렸다.

그 순간 그의 배에서 꼬르륵거리는 소리가 울려 퍼졌다.

"훗!"

한 손으로 입가를 가리며 웃는 여인의 눈가에서 이상한 빛이 어렸다가 사라지는 걸 무치는 놓치지 않고 있었다.

제12장
으아아아악!

객잔으로 들어선 네 사람은 이층으로 올라갔다.

그런 그들을 사람들이 쳐다보았다.

물론 어여쁜 처자들과 함께 움직이다 보니 생긴 일이겠지만, 지금은 것보다는 다른 데 이유가 있었다.

바로 택중 때문이었다.

정확히는 택중이 걸치고 있는 옷이 문제였다.

청바지에 티셔츠를 걸치고 있는 그의 복색이 다른 이들의 눈에는 이상하게만 비쳤던 것이다.

하지만 일행들이 있어서인지 누구도 다가와 묻거나 하진 않았다.

잠시 후 그들이 큰 길이 내려다보이는 창가에 자리를 잡자, 점소이가 쪼르르 달려왔다.

택중이 물었다.

"여긴 뭐가 맛있죠?"

점소이가 막 뭐라고 대답하려는 찰나였다.

택중이 다시 말했다.

이번에는 여인과 무치를 향해서였다.

"알아서들 시키세요. 전 하나도 모르니, 그게 낫겠네요."

꿈틀.

점소이의 이마에 힘줄이 불거지는 순간, 그는 요령 좋게 고개를 숙이고 얼굴을 붉혔다.

틀림없이 마음속으로 욕설을 내뱉고 있을 테지만, 누구도 알아채지 못했다.

그사이 무치와 여인이 저마다 먹고 싶은 음식들을 시켰다.

"전 진수화라고 해요."

"아, 그러시군요. 고택중입니다. 앞으로 잘 부탁할게요!"

저도 모르게 장사를 하면서 몸에 밴 습관대로 인사하고만 택중이었다.

이를 진수화가 재미있다는 듯 쳐다보았다.

그러다가 슬쩍 무치를 바라보니, 그녀의 시선을 알아챈 무치가 짧게 말했다.

"무치요."

"······하하하! 무치 씨가 과묵한 편이라서요."

민망해진 택중이 웃자, 진수화가 피식 웃으며 무치를 살폈다.

'오호라! 제법 실력이 있다 이거지?'

이미 무치가 자신을 은밀히 살피고 있다는 걸 눈치채고 있던 그녀였다.

─아무래도 오늘은 물러나시는 게 어떨까요?

수하의 부하에게서 전음이 날아오자, 진수화가 입가에 미소를 지우지 않은 채 대꾸했다. 물론 전음을 사용했다.

─왜 그래야 하지?

─아무래도 저자의 기도가 심상치 않아요.

─흥! 그래 봐야, 떨거지일 뿐이다. 아무 걱정하지 말래도.

─그러시다면야······.

─그보단 내상 입은 건 어때?

─참을 만합니다.

독하기도 하지.

눈앞에 다른 사람이 없다면 혀라도 차고 싶은 심정이었지만, 진수화는 더는 뭐라고 탓하지 않았다.

그녀의 오른팔이라 할 수 있는 옥란(玉蘭)이었기 때문이다.

오늘 우연을 가장해 택중을 만나기 전에 먼저 옥란을 시켜 택중의 집으로 침투시켰건만, 내상을 입고 돌아온 것은 뜻밖이었다.

하지만 그렇다고 해서 심하게 몰아세울 일은 아니라 여기는 진수화였다.

무엇보다도 정체를 들키지 않았으니, 별달리 걱정할 일이 아니라 생각했기 때문이다.

것보다는 벌써부터 목구멍으로 새어나오려 하는 궁금증을 없애는 게 먼저였다.

"근데, 고 소협께선……."

"소협이라뇨?"

"어머, 죄송해요! 전 또 무공을 익히신 줄 알고서……."

'일단 무공을 익히지 않았단 말이렷다.'

진수화가 묘한 웃음을 지어 보일 때였다.

택중이 물어왔다.

"근데요."

"……?"

"소협이 뭔가요?"

"…… ."

"…… ."

"깔깔깔깔! 아이 참, 농담도 잘하셔."

"하하하하! 농담 아닌데요?"

"……."

"……."

"고 공자께선……."

"제가 왜 공자죠?"

발끈.

진수화의 아미가 순간 꿈틀했다.

하지만 애써 진정하며 화사한 웃음을 지어 보이는 그녀였다.

반면 택중은 진수화를 향해 이상하다는 얼굴을 해 보였다.

'거참, 생긴 건 참 예쁘게 생겼는데 되게 이상하게 구네.'

그가 보기에 진수화는 반듯한 이마에 큰 눈 하며, 오밀조밀 자리 잡은 이목구비 때문인지 화려한 느낌을 주는 미인이었다.

굳이 비교하자면, 은설란이 청초한 한 떨기 수선화라면, 진수하는 화사하게 피어난 목련 같은 느낌이랄까.

어찌 되었든, 택중은 이상하기 짝이 없었다.

웃었다가 찡그렸다가, 뭘 좀 물으면 눈을 치켜떴다가 이내 아무렇지도 않은 표정을 하고…….

'대체 여기 사는 여자들은 왜들 저러지? 정상이 없어요, 정상이!'

그가 무슨 생각을 하는지 알 길이 없는 진수화가 옅은 미소를 입가에 머금으며 되물었다.

"아무래도 제가 좀 무례했나 보네요. 초면에 함부로 호칭을 부르다니. 불쾌하셨다면 사과할게요."

"아뇨. 상관없는데요. 그저 부르고 싶은 대로 부르세요. 아니면 그냥 아저씨나 총각이라고 부르든가요."

"호호호호! 재미있는 분이시네요, 고 공자께선."

진심이었다.

진수화는 일을 떠나서 택중이 재미있게 느껴졌다.

그렇다고 해서 이성으로서 호기심이 인다는 것은 아니었지만, 그동안 보아 오던 사내들과는 분명히 다르다고 느끼고 있었던 것이다.

진수화가 은근슬쩍 물었다.

"고 공자께선 어디 출신이시죠?"

그 순간 무치의 눈이 빛났다.

이를 눈치챈 진수화가 서둘러 말했다.

"아까 여기 지리를 잘 모른다고 하신 것도 그렇고. 아무래도 이곳 분이 아니신 듯해서요."

"음……."

택중은 난감해졌다.

설명하자니, 어디서부터 말을 꺼내야 할지 몰랐던 것이다.

진수화가 잠시 기다리다가 덧붙이듯 말한 것도 그때였다.

"서역에 다녀오셨나 봐요?"

"……예?"

"그거."

그녀가 유난히 희고 가느다란 손가락을 들어 가리킨 것은 택중이 걸치고 있는 티셔츠였다.

거기에 한바탕 영어로 쓰여 있었다.

그 위에 굵직한 글씨로 I LOVE New York이라고 적혀 있었던 것이다.

고개를 숙여 자신의 가슴을 바라보던 택중이 싱긋 웃었다.

"아, 이거요? 싸길래 샀더랬죠. 한날은 제가 동대문 시장엘 갔는데 이런 티셔츠가 넉 장에 만 원밖에 하지 않더라구요! 믿어지세요? 아무리 인도네시아 산이라지만 그래도 옷인데, 겨우 한 장에 이천오백 원이라니요! 완전 땡잡은 거죠!"

부탁하지도 않은 설명을 늘어놓는 택중을 보면서 일행은 일제히 눈가를 좁혔다.

도대체 알아먹기 어려웠기 때문이다.

'동대문 시장?'

'티셔츠?'

'인도네시아?'

택중을 제외한 세 사람의 눈동자에 기이한 빛이 떠올랐다가 사라지고 있을 때였다.

점소이가 음식을 들고 오기 시작했다.

잠시 후 탁자에 부려진 음식들을 보면서 택중이 침을 삼켰다.

"흐음, 냄새는 그럴듯하네요."

"호호호홋! 정말요. 간만에 제대로 된 요리를 먹게 되나 봐요."

즐겁게 대화가 오가는 동안, 여인이 먼저 젓가락을 들어 음식을 집어 들었다.

은어를 구워 소금을 뿌린 음식이었다.

그사이 택중이 숟가락으로 전골과 비슷하게 생긴 국을 떴다.

그러곤 입에 넣는데, 두 사람의 반응이 달랐다.

"아~! 씹히는 맛이 일품이네요!"

"크헉! 맛이 왜 이래!"

입이 즐거운지 기분 좋은 웃음을 지어 보이는 진수화에 비해 택중은 얼굴을 일그러뜨렸다.

그러자 무치 역시 국자를 들어 국을 떠서는 자신의 그릇에 담았다.

그러곤 한 숟가락 떠서 입에 넣고는 고개를 갸웃거렸다.

그로서는 택중의 반응이 이해가 가지 않았기 때문이다.

진수화나 옥란 역시 마찬가지였다.

그녀들도 택중의 반응을 보고는 재빨리 국을 맛보았지만, 그저 맛있기만 했던 것이다.

'쳇! 입맛들 하고는…… 도무지 싱겁고 밋밋해서 먹을 수가 없구만. 히유, 다시는 사 먹나 봐라!'

그러다가 갑자기 뭔가가 떠올랐는지 택중이 눈을 빛냈다.

부스럭부스럭.

그가 자신의 배낭을 뒤적이기 시작했다.

안 그래도 그 안에 뭐가 들었는지 궁금하기 이를 데 없던 진수화가 고개를 빠끔히 내밀고 쳐다보려 애썼다.

하지만 택중은 틈을 주지 않았다.

잽싸게 하얀 봉다리를 꺼내 든 그가 씨익 웃더니 전골 냄비 위로 그걸 가져갔다.

비닐로 만든 팩에는 노란 냄비 그림이 그려져 있었다.

그게 뭔지 몰라 고개를 갸우뚱하는 세 사람을 보지도 않은 채 택중이 흥얼거렸다.

"국물이~ 국물이~ 끝내 줘요~!"

샥샥샥샥.

뜯어진 비닐에서 반투명의 가루가 어느 정도 쏟아지자, 택중은 국자를 들어 냄비 안을 휘휘 저었다.

그러곤 다시금 국물을 숟가락으로 떠서는 입안에 흘려 넣더니,

"캬~! 이 맛이야!"

일행은 눈을 동그랗게 뜨고 그를 보다가 천천히, 아주 조
심스럽게 숟가락을 내밀었다.

잠시 후 세 사람이 숟가락을 입에 문 채로 석상처럼 굳고
말았다.

"……!"

"……!"

"……!"

그러곤 누가 먼저라고 할 것도 없이 무섭게 달려들어 국
자질을 해 댔다.

"으아아악! 왜들 이래요! 정신들 차려요!"

택중이 절규에 가깝게 외치고 있었지만, 누구 하나 듣는
이는 없었다.

마치 귀신이라도 들린 것처럼 전골을 퍼먹는 그들을 택
중은 어처구니없다는 듯 바라보았다.

눈 깜짝할 새에 바닥을 드러내고만 냄비를 보면서 택중
이 아연실색하고 있을 때였다.

'헉! 한 숟갈도 못 먹었는데!'

꼬르륵.

안 그래도 허기졌던 그로선 화가 날 지경이었다.

그때 진수화가 물어왔다.

"그게 대체 뭐죠?"

고개를 숙인 채 몸을 바들바들 떨고 있는 택중으로선 진수화의 음성은 들려오지 않는 것이나 마찬가지였다.

"저기요, 왜 그래요?"

거듭 부르는 소리를 듣고야 택중이 고개를 쳐들었다.

눈에 쌍심지를 켜고 있던 그였지만 정작 그녀를 보니 화를 낼 마음도 들지 않았다.

마치 복숭아처럼 물든 두 볼, 초롱초롱 빛나는 크고 맑은 눈. 그 안에서 번져 나오는 환희.

정말이지, 기쁘다는 걸 온몸으로 말하고 있는 그녀를 보고 어찌 화를 낼 수 있을까.

어디 그녀뿐인가.

무치나 옥란 역시 마찬가지였다.

말만 하지 않을 뿐, 그들의 표정 역시 진수화와 마찬가지로 행복 가득한 그런 표정이었다.

"휴우! 미원이요."

"……예?"

"아, 귓구멍이 막혔어요? 미원이라고 했잖아요!"

"미…… 원……?"

"그래요. MSG! 미원이라구요, 미원!"

"……그게 뭐죠?"

"쩝. 물론 TV에서 MSG의 유해성에 대해 한차례 떠들긴 했지만 뭐 어때요. 맛없는 음식을 먹는 것보단 낫다고 생각해요."

또다시 침묵.

'정말이지, 이 사람은 알 수 없는 말만 늘어놓고 있잖아?'

그녀가 물었다.

"그거 어디서 파는 거죠?"

"왜요? 사시게요?"

택중의 눈에서는 레이저라도 나올 듯했다.

흠칫.

진수화는 한차례 몸을 떨며 자신도 모르게 고개를 내저었다.

그 모습에 택중이 어깨를 늘어뜨리며 실망한 모습을 해보였다.

진수화가 실눈을 한 채 그런 택중을 보고 있을 때였다.

―부도독 각하!

어디선가 전음이 날아왔다.

―무슨 일이지?

―도독께서 도착하셨습니다.

―도독께서?

진수화가 한차례 눈을 홉떴다가 표정을 바꿨다.

그 찰나의 변화를 무치가 눈치채곤 눈을 빛냈지만, 진수화는 아무렇지도 않다는 듯 말했다.

물론 택중을 향해서였다.

"어머, 이를 어쩌죠? 갑자기 볼일이 생각났지 뭐에요?"

"아, 그래요? 그럼 나가죠, 뭐. 저도 다 먹었는데요."

세 사람이 남겨 놓은 생선구이와 함께 소면을 먹고 있던 택중이 고개를 끄덕이자, 진수화가 미안하단 표정을 하며 몸을 일으켰다.

그러면서 말했다.

"오늘 고마웠어요. 언제 기회가 되면⋯⋯."

"뭐, 그저 밥 한 낀대요. 아까 저 때문에 넘어지신 것에 비하면 별거 아니죠."

"호호호! 그렇게 말씀하시니, 더욱 죄송해지는데요? 그럼 이러면 어때요?"

"⋯⋯?"

"내일 이곳에서 다시 한 번 뵙는 걸로."

"흐음⋯⋯. 그럴까요? 뭐, 바쁜 일도 없으니⋯⋯."

고개를 끄덕이는 그를 진수화가 만족스럽다는 듯 바라보았다.

네 사람이 객잔을 나온 뒤 제각기 갈 길을 찾아 헤어졌다.

그런 그들을 객잔의 이층에 있던 사내 하나가 바라보고 있었다.

너무나도 매끈하게 생긴, 그렇기에 다시 한 번 시선을 주게 되는 그런 사내였다.

한참 동안 대로를 따라 멀어져 가는 택중과 무치를 바라
보던 사내가 입매를 일그러뜨렸다.

묘한 모습이었다.

어딘지 얇은 입술. 그리고 사내답지 않게 고운 피부였다.

그러나 한가지만은 알 수 있었다.

비웃음.

무언가 기분 나쁘게 느껴지는 웃음이었다.

*　　　*　　　*

집으로 돌아온 택중이 대문 앞에 서자, 지키고 있던 무사
들이 인사를 건네 왔다.

"수고하세요."

그들에게 손을 흔들어 준 후 대문을 열다 말고 택중이 고
개를 갸웃거렸다.

"응? 문을 안 잠그고 갔던가?"

한데 현관문 역시 잠겨 있지 않았다.

"이상하네?"

혹시 몰라서 그가 무치에게 물었다.

"제가 문 잠그고 가지 않았던가요?"

"전 보지 못했습니다."

무뚝뚝한 사내 같으니라고.

택중이 입맛을 다시며 안으로 들어섰다.

"여, 왔나?"

막 화장실 문을 열고 나오던 갈천성이 손을 흔들고 서 있었다.

"어째서 거기서 나오시는 거죠?"

택중이 의아한 듯 묻자, 갈천성이 당연하다는 듯 말했다.

"사람하곤……. 당연히 볼일 보고 나왔지."

"그러니까, 왜 영감님께서 우리 집에서 그 볼일을 보느냐는 겁니다."

"허허허! 왜긴! 여기서 볼일을 보면 시원하게 나오니까 그렇지."

잠시 말없이 갈천성을 바라보던 택중이 물었다.

"그럼, 우리 집 문을 따고 들어오셨겠네요?"

"그야 이를 말인가."

"그럼, 앞으로도 오시겠다는 말인가요?"

"그렇지."

"그럼, 똥 눌 때마다 우리 집 화장실을 쓰겠다는 얘기?"

"흐흐흐. 어디 똥뿐인가?"

야릇한 웃음을 지어 보이는 갈천성을 향해 택중이 버럭 소리쳤다.

"우리 집이 변소입니까!"

"아우, 깜짝이야! 무슨 화통을 삶아 먹었나! 갑자기 소리를 지르고 난린가! 제발 진정 좀 하시게. 다 큰 어른이 그렇게 마음을 다스리지 못해서야, 원."

"아, 지금 제가 진정하게 생겼어요! 그리고 저 그렇게 나이 많이 먹지도 않았거든요!"

"그 정도 먹었으면 충분히 어른인 걸세."

으득.

택중이 이를 갈며 갈천성을 쳐다보았지만, 무슨 소용이 있을까.

아무래도 저 양반은 화장실이 필요할 때면 이곳으로 행차할 모양인데……

고개를 푹 숙이고 한 손으로 이마를 짚던 택중이 소곤거리듯 물었다.

"어쩐 일이세요."

"무슨 일이긴……. 일전에도 말했지 않나? 팔 만한 물건 있으면 파시라고."

홱!

고개를 쳐든 택중의 얼굴이 꽃처럼 피어났다.

"아하하하하! 그러셨군요, 고객님!"

후다닥.

마루로 올라간 그가 갈천성의 손을 잡아 이끌려 했다.

스스스스.

하지만, 갈천성이 슬그머니 손을 빼내며 빙그레 웃었다.

"남사스럽게 손을 잡고 그러나?"

"헤헤헤, 역시 그렇죠?"

싱긋 웃은 택중이 갈천성을 안으로 들였다.

그런 그들을 무치가 바라본 채 들어올 생각을 하지 않자, 택중이 권했다.

"잠시 들어오세요. 부탁할 것도 있고요."

"……?"

"……?"

무치는 물론 갈천성까지 두 눈을 반짝였다.

"영감님은 여기서 잠시만 기다려 주세요."

택중이 갈천성을 남겨 두곤 무치를 안방으로 이끌었다.

무치가 방으로 들어서기 무섭게 택중이 무언가를 그에게 내밀었다.

손바닥보다 조금 큰 봉투였다.

엉겹결에 그걸 받아들고 눈을 지그시 한 채 바라보는데, 택중이 느닷없이 옷을 벗기 시작했다.

"……!"

무치는 자신도 모르게 한 걸음 뒤로 물러서고 말았다.

그런 그의 심정을 아는지, 윗옷 아래옷 할 거 없이 홀러덩 벗어젖힌 택중이 팬티 고무줄 사이로 손을 낀 채 망설이고 있었다.

벗을까 말까 고민하는 게 틀림없었다.

"꿀꺽!"

무치는 다시 한차례 뒷걸음질 쳤다.

그 순간 택중이 재빨리 달려들었다.

화들짝 놀란 무치가 눈을 부릅뜨는 순간, 택중이 콧김을 뿜어냈다.

당황한 무치였지만, 놀라서 토해 내는 음성 역시 묵직하기 이를 데 없었다.

그럼에도, 음성은 미묘하게 떨리고 있었다.

"저, 전 그런 사람 아닙니다."

침묵.

택중이 눈을 껌벅이며 그를 보다가 머리를 긁적였다.

"그런 사람? 그게 뭐죠?"

"그, 그러니까……."

무치의 두 볼이 붉게 물드는 순간, 택중이 눈살을 찌푸리며 말했다.

"아, 싫으면 마세요. 에잇, 은 대주에게 부탁할 수도 없고, 그렇다고 영감님한테 맡기기는 더 싫은데……."

탁!

무치에게서 봉투를 뺏어 든 택중이 그 안에서 파스를 꺼내 들었다.

찌이이익.

코팅 종이를 벗겨 내자, 접착 부위가 드러나며 번들거렸다.

이를 한 손에 들고 등짝에 붙이기 위해 안간힘을 쓰는 택중을 보다가 무치가 피식하고 웃었다.

스윽.

말없이 택중에게 다가선 무치가 파스를 빼앗듯 들고는 등에 붙여 주었다.

다섯 장이나 되는 파스를 온몸에 붙이는 동안 아무런 말도 하지 않던 무치가 끝내 물었다.

궁금했던 것이다.

"이게 뭡니까?"

과묵한 그답지 않은 질문이었다.

택중이 빙긋 웃으며 대답해 주었다.

"영감님한테 심하게 두들겨 맞았거든요. 뭐, 그 때문만은 아니지만, 온몸이 결려서 못살겠거든요. 그러니 어쩌겠어요. 파스라도 붙여야지요."

실제로 택중은 갈천성에게 언어맞고서 한동안 움직이지 못할 정도이긴 했다.

하지만 어쩐 일인지 갈천성이 준 약을 먹고 나선 하루가 다르게 차도가 있었다.

그러나 연일 마당을 파고 메우고 또 파는 작업을 하다 보니 이번엔 근육통까지 오고만 것이다.

그 때문에 파스를 붙이게 된 터다.

이를 알 리 없는 무치는 의아해하다가 눈을 빛냈다.

'……!'

이미 그의 머릿속에서는 파스니 어쩌니 하는 말들은 남아 있지 않았다.

갈천성과 손을 섞고, 운신하지 못할 정도로 맞았다?

'고수…… 였군.'

생각지도 못한 사실을 알게 된 무치가 그제야 고개를 끄덕였다.

어쩐지, 갈천성은 물론이고 은설란까지 택중에게 살갑게 구는 것이 이상하다 했더니…….

대충 알 만했다.

무공 고수인데다가 그로서는 알 수 없는 내력을 지니고 있는 사내.

게다가 아까 보여 준 신비한 솜씨.

반투명의 가루를 뿌리자마자 음식 맛이 완전히 달라지는 기이한 체험이 택중을 달리 보게 만들고 있었다.

택중을 보는 무치의 눈빛은 조금 전과는 완전히 다른 눈빛이었다.

얼마 뒤, 밖으로 나온 두 사람.

"고마워요."

택중이 다시 한 번 인사차 말하자, 무치가 무심한 눈을 한 채 고개를 끄덕인 뒤 갈천성에게 허리를 숙여 보였다.

무치가 떠난 뒤, 둘만 남게 되자 택중이 본격적으로 물건을 늘어놓기 시작했다.

일단 그가 집중적으로 미는 상품은 칼들이었다.

먼젓번에 제대로 된 가격을 받은, 확실한 품목들이었기 때문이다.

지난번처럼 쇼에 가까운 짓을 하지 않아도, 갈천성은 서슴없이 사 줄 터였다.

하지만 이번에도 택중은 부연 설명을 시작했다.

가방 안에서 부엌 칼 한 자루를 꺼내 드는 택중.

한데, 지난번과는 다른 모양의 칼이 아닌가.

새하얀 칼날. 그 위에 화려하게 그려진 장미 문양. 날은 마치 톱처럼 생긴 것이 심상치 않은 모습이었다.

택중이 말했다.

"저, 칼 좀 빌려 주실 수 있나요?"

"응? 칼?"

"예, 칼이요."

택중의 대답에 갈천성이 망설이다가 자신의 검을 뽑아 건넸다.

이를 받아 들며 택중이 슬쩍 물었다.

"망가져도 괜찮겠죠?"

"그, 그야……."

갈천성으로서는 사실, 아끼는 검이긴 했다.

보검까지는 아니지만, 꽤 괜찮은 검으로 아무 데서나 구할 수 있는 게 아니었던 것이다.

그러나 그렇기에 그는 흥미진진한 눈빛을 해 보인 채 물었다.

"대체 뭘 하려고 그러나?"

들려온 대답은 다소 엉뚱했다.

"망가지더라도 걱정 마세요. 대신 영감님께는 따로 한 자루 챙겨 드릴 테니까요."

"……?"

갈천성이 의아해하고 있을 때였다.

척!

택중이 장미문양이 그려진 칼을 갈천성의 검날과 교차해서 올려놓았다.

그러곤 사정없이 써는 게 아닌가.

쓱싹쓱싹!

"헛! 그러다간 날이 전부 나갈 텐데……."

갈천성이 걱정스런 목소리로 외치고 있었다.

물론 그의 걱정은 자신의 칼이 상할까 봐서가 아니었다.

어디까지나 택중의 칼이 망가질까 봐서 걱정했던 것이다.

하나 그는 이내 깨달았다.

자신의 걱정이 얼마나 덧없는 것이었는지를.

그래서인지 택중이 칼질을 시작한 지 얼마 되지도 않아
서 그는 말끝을 흐리고 말았다.

대신 눈동자를 흔들며 침만 삼키고 있을 뿐이었다.

서걱서걱서걱.

어느새 갈천성의 칼날이 반쯤이나 썰려 나가 있었던 것
이다.

그런데도 장미문양 칼은 조금도 상하지 않았다.

놀라운 눈빛으로 갈천성이 보고 있을 때, 택중이 크게 칼
을 썰었다.

쨍그랑!

잘려 나간 갈천성의 칼날이 바닥을 때렸다.

그러곤 택중이 외쳤다.

"장미칼!"

꿀꺽.

갈천성이 또다시 침을 삼킬 때, 택중이 이어 말했다.

"닿는 면을 최소화한 TS공법! 쇠도 썰어 버릴 마법 같
은 절삭력! 평생 갈지 않아도 되는 영구적인 칼날! 인체공
학적 설계와 함께 손에서 미끄러지지 않는 실리콘 손잡이까
지! 최첨단의 칼이 되겠습니다!"

택중의 설명에 매료되었는지, 갈천성은 말없이 입만 벌
리고 있을 뿐이었다.

'……나 역시 저 정도는 할 수 있다. 하지만…….'

내공을 싣지 않고선 불가능하다.

그렇다는 건······.

'처, 천비신도보다 훨씬 더 강한 놈이다!'

얼굴에 경련을 일으키며 그가 물었다.

"어, 얼마나 있나?"

"딱 서른 자루 가져왔습니다."

순간 한없이 커진 눈동자를 한 채 갈천성이 외쳤다.

"전부 주게!!"

"아이고, 감사합니다!"

무려 30자루를 팔아 치우는 순간이었다.

'킥킥킥. 앗싸! 건물이 몇 채냐!'

입술을 비집고 나오려는 웃음을 참은 채 고개를 숙이던 그의 귓가로 갈천성의 음성이 날아들었다.

"한데, 이번엔 조금 시간을 주시게."

"예?"

"지난번에 자금을 너무 많이 밀어 넣는 바람에, 시간이 좀 필요하단 말일세."

"어, 얼마나요?"

혹시 떼어먹으려고 수작을 부리는 게 아닌가 싶어서 택중은 말을 더듬었다.

이를 눈치챘는지, 갈천성이 서둘러 고개를 내저었다.

"그리 오래 걸리진 않을 걸세. 한 열흘이면 충분히 마련

될 걸세. 대신, 문서로 갈음해 주겠네."

"아, 그렇게 하시죠. 뭐!"

한시름 놓았다는 표정으로 고개를 끄덕이는 택중이었다.

그러다 그가 슬그머니 곁눈질로 갈천성을 보니, 어딘지 모르게 피곤해 보이는 갈천성이 아닌가.

"왜 그러세요?"

"아닐세. 조금 피곤해서 그러네."

"아유, 아무리 일도 좋지만, 몸부터 챙기셔야죠."

"맞는 말이네만, 어디 그럴 수가 있어야지."

"ㅎㅎㅎㅎ. 잠시만 기다리십쇼."

'서비스다! 서비스!'

때는 이때다 싶은 그였다.

다음 거래를 위해서 뿌리는 밑밥이랄까.

택중이 의미를 알 수 없는 미소를 짓더니 자신의 배낭을 뒤적였다.

그 모습을 이상하다는 듯 바라보던 갈천성에게 택중이 불쑥 건넨 것은…….

"이게 뭔가?"

암갈색의 유리병.

먼저 파란색으로 타원형을 그리며 톱니바퀴 모양을 이루고 있는 그림이 눈에 띄었다.

그 안에 선명하게 새겨진 글자.

B카스 D

택중이 말했다.
"B카스에요."
"박…… 과…… 수?"
"예. B카스요. 자, 이렇게 따서 쭈욱 들이키세요."
딸깍, 따라라라락.
뚜껑을 따서 한 병 건네고, 자신도 한 병 따서는 눈앞에
들어 보였다.
그러곤 입가에 가져다 대곤 쭉 들이켰다.
그 모습을 보던 갈천성이 눈가를 좁히다가 B카스 병을
따서는 입가로 가져갔다.
'흠, 희한한 맛일세.'
흥미로운 눈이 되어 B카스를 보던 갈천성이 이내 병 안
에 있던 액체를 입안에 들이부었다.
꿀꺽꿀꺽꿀꺽.
B카스 한 병을 순식간에 마셔 버린 갈천성이 입맛을 다
셨다.
'참으로 묘한 맛이로세.'
그때였다.
"킥!"

갈천성의 얼굴이 흙빛이 되고 말았다.

"어? 왜, 왜 그러세요?"

놀란 택중이 그에게 달려들었다.

그 순간 갈천성의 음성이 벼락처럼 그를 때렸다.

"잠깐! 다가오지 말게!"

제13장
반박귀진

갈천성의 외침에 그에게 달려들던 택중이 움직임을 멈추었다.

그 순간 갈천성이 가부좌를 틀었다.

후우웅.

그의 몸에서 바람이 인다고 느낀 것은 착각일까.

택중은 눈을 껌벅이며 갈천성을 바라보았다.

펄럭펄럭.

갈천성이 걸치고 있던 장삼 자락이 나부꼈다.

'착각이 아니잖아!'

난데없는 현상에 택중이 마른 입술에 침을 축이고 있을 때였다.

스르르르.

앉은 자리에서 서서히 떠오르기 시작하는 갈천성이었다.

"뜨악!"

너무나 놀란 택중이었다.

'고, 공중 부양?'

세상에나 마상에나!

택중은 단 한 번도 상상해 보지 못한 기현상에 벌린 입을
다물지도 못했다.

그러는 동안에도 갈천성의 몸은 천천히 떠올라 어느새
방바닥에서부터 30센티나 떠 있었다.

뒤이어 그의 몸에서 은은한 백광이 흘러나왔다.

스스스스스.

마치 공간 자체를 지우개로 지우듯, 갈천성의 몸을 중심
으로 경계가 흐릿해지며 은은한 빛이 그를 감싸기 시작했
다.

꿀꺽.

택중은 절로 넘어가는 침을 삼키는지 토하는지도 모를
지경이었다.

그런 가운데, 갈천성은 무아지경에 빠져들고 있었다.

뿐만 아니라 갈천성의 머리 위에선 허연 김이 피어오르
는가 싶더니 어느새 세 개의 꽃봉오리를 만들어 냈다.

삼화취정(三花聚頂).

불가에서 이르길 정심한 기운이 극에 달해 진정한 깨달음을 이룰 때, 정토에 들기 전 삼화취정을 이룬다 하였다.

이는 단지 불가에서만 통용되는 게 아니다.

무리(武理).

무공을 수련하는 자들에게 있어서도 삼화취정은 꿈에서조차 그리워할 지극한 경지였다.

내공이 심후하다 못해 극에 달할 때, 운기조식 시 머리 위에 세 개의 꽃봉오리가 피어난다 하였거늘.

그야말로 기연도 이런 기연이 없었다.

얼마나 시간이 지났을까.

밥을 먹어도 서너 번은 족히 먹을 시간이 지났고, 차를 마셔도 수십 잔은 마셨을 시간이 지나고 나서야 갈천성의 몸에서 빛 무리가 옅어지기 시작했다.

그럼에도 택중은 조금도 지루해하지 않았다.

그동안 그저 망연자실한 채 보고 있을 뿐이었다.

그리고 마침내 갈천성의 몸에서 아무런 빛도 뿜어지지 않게 되었을 때, 갈천성이 천천히 내려오기 시작했다.

스르르르르륵.

이제까지의 일이 거짓말이었다는 듯, 제자리로 돌아온 갈천성이었다.

이윽고 그가 눈을 떴다.

공간을 격하고 두 사람의 시선이 뒤섞였다.

택중은 여전히 아무런 말도 못하고 있었다.

그러다가 그만 딸꾹질을 하고 말았다.

"딸꾹!"

갈천성이 깨어나면서 놀란 가슴이 진정되기는커녕, 오히려 놀람이 더욱 가중되었기 때문이다.

왜?

갈천성의 얼굴에서 잔주름들이 말끔히 사라졌던 것이다.

뿐인가.

조금 전까지 그토록 피로한 모습을 보이던 그의 안색은 이제 안정을 되찾음을 물론 평화롭기까지 했다.

그러니 어찌 놀라지 않을까.

"딸꾹, 딸꾹, 딸꾹!"

택중이 계속해서 딸꾹질하자, 갈천성이 빙그레 웃었다.

마치 득도한 선승처럼 따사로운 웃음을 지어 보이던 갈천성이 이윽고 말문을 열었다.

"고마우이!"

"딸꾹! 예……?"

덥석.

갈천성이 택중의 손을 움켜잡고는 입을 굳게 다문 채 고개를 주억거렸다.

그에 따라 택중의 고개가 절로 흔들렸다.

그러면서도 여전히 딸꾹질은 멈추지 않았다.

"딸꾹! 대체…… 딸꾹! 이게 어찌 된……."

"내 이 신세는 결코 잊지 않겠네."

"딸꾹!"

택중은 저도 모르게 손에 쥐고 있던 빈병을 내려다보았다.

'이, 이게…… 그렇게 대단한 거였어?'

황당해서 아무런 말도 못한 채, 그저 딸꾹질만 하고 있을 때였다.

택중의 손목을 잡고 있던 갈천성이 내기를 주입했다.

그러자 따스한 기운이 몸 안으로 흘러들면서 일순간 딸꾹질이 멈췄다.

뿐만 아니라, 온몸이 상쾌해지며 찌뿌드드한 느낌이 말끔히 가셨다.

방금까지 온몸이 쑤시던 것도 사라졌다.

말 그대도 날아갈 것만 같은 기분이 된 택중이었다.

그런 그를 향해 갈천성이 물었다.

"대체 자넨 누구인가?"

"예? 그게 무슨 말씀이신지?"

갈천성이 고개를 내저었다.

"아니지, 우문인 게지. 자네가 누구이던 그게 무슨 상관인가. 중요한 것은 그게 아닌 거지."

말과는 다르게 이미 택중을 신기자의 전인, 아니, 신기자 그 자체로 받아들이고 있는 갈천성이었다.

이제는 택중의 정체 따윈 몰라도 그만이었다.

그만큼 무인에게 있어서 내공이란 목숨과도 같은 것이었다.

그렇기에 내공을 증진하는 데 큰 도움이 되는 영약들은 값을 매길 수조차 없었다.

그런데…… 택중은 갈천성에게 영약이랄 수 있는 박과수(璞果水)를 아무런 조건 없이 내놓았다.

그러니 어찌 감동하지 않을까.

갈천성이 촉촉이 젖은 눈이 되어 물었다.

"그래서…… 그것도 파는 건가?"

              *   *   *

공달은 어둠 속으로 스며들며 비릿한 미소를 지어 보였다.

창문을 막고 문에 다섯 개나 되는 자물통을 달아 놓은들 무슨 소용이랴.

자신이 마음먹는다면 아미파 장문인인 해연신니의 속곳을 훔쳐 오는 것쯤 아무것도 아닌 것을.

하물며 이 정도야 식은 죽 먹기.

그는 어둠 속에서 마치 대낮에 움직이는 사람처럼 움직

였다.

그러면서도 조금의 소리도 내지 않았다.

기척 없이 움직이던 그가 이윽고 궤짝을 발견하곤 피식 웃었다.

딸깍.

궤짝에 달려 있던 자물통이 열리며 경쾌한 소리가 울렸다.

하지만 그 정도 소리는 문틈으로조차 새어 나가지 않을 터.

만족스러운 얼굴이 된 공달이 기대감 어린 표정으로 궤짝 뚜껑을 들어 올렸다.

스르르륵.

하지만 그 순간 공달은 경악했다.

'헛!'

한차례 헛바람을 토해 낸 공달.

'이, 이럴 리가 없는데……!'

자신의 감이 틀린 적이 있었던가?

분명 낮에 느꼈던 감은…… 궤짝 안에 무언가 대단한 것이 있을 것이란 예감이었거늘.

공달이 몸을 부르르 떨며 콧잔등을 일그러뜨렸다.

'망할 계집!'

틀림없이 낮에 보았던 여인의 짓일 거라 단정한 그였다.

공달이 아무것도 없는 궤짝을 닫고 자물통을 걸어 잠갔다.

상황이 자신의 예상과 조금 다르다 할지라도, 물러날 때는 완벽히 뒤처리를 해야 하는 법.

은형과 잠입의 전문가로서 공달이 지닌 자부심이었다.

*   *   *

마군 하 공공이 홀홀 거리며 웃는 모습을 조 내시는 상기된 표정으로 바라보았다.

그러거나 말거나 하공공은 여전히 알 수 없는 웃음을 흘리며 즐거워하고 있었다.

"홀홀홀. 과연 그 아이의 표정이 어떠할지, 궁금해지는구나!"

할 수만 있다면 직접 가서 보기라도 하겠다는 얼굴이었다.

그 웃음 끝에는 기대감이 묻어 나오고 있었던 것이다.

그만큼 하 공공은 자신이 한 일에 대해 기뻐하고 있었다.

정확히는 동창 소속의 침투조가 해낸 일이었지만, 그 모두가 결국 자신의 혀끝에서 나온 것이니 결국 자신이 한 일이나 마찬가지. 무사들이야 자신의 수족이나 마찬가지이기 때문이었다.

"그렇다곤 하지만, 그렇게나 많은 황금을 쌓아 두고 있으리라곤……. 훌훌, 정녕 그 아이의 정체가 신기자의 전인이란 말인가?"

아무리 생각해도 재미있던지 하공공은 얄팍한 입술을 혀로 핥으며 옅은 미소를 지어 보였다.

*   *   *

"그래서 이제부터 어쩔 셈이더냐?"

황궁 이대 특무기관 중 하나인 금의위. 그곳의 수장이라 할 수 있는 도독 우영영(宇映榮)이 서슬 퍼런 기세로 묻고 있었다.

그저 바라보는 것조차 다리가 후들거릴 만큼 묵직한 중년의 사내 앞에서 진수화는 물론 옥란은 고개를 바닥에 처박을 듯 숙이고 몸을 떨고 있었다.

"입은 어디다 두고 아무런 말이 없는가!"

우영영의 외침에 진수화가 고개를 쳐들었다.

"속일 생각은 없었어요."

"흥! 속일 수는 있고?"

당연히 속일 수 있을 리가 없다.

진수화를 비롯해 금의위의 위사들 중 누구 하나 그럴 수 있는 사람은 없을 터였다.

그만큼 우영영은 대단한 사람이었다.

그다지 명문도 아닌 집안에서 태어나 빠른 속도로 진급을 거듭하더니, 끝내는 황제의 전폭적인 지지 속에 금의위 도독의 자리에 오른 자였던 것이다.

두려움이 가득한 얼굴이 되어 진수화가 천천히 말문을 열었다.

우선은 진노한 우영영의 마음을 가라앉혀야겠다는 생각이었다.

"일단은 제 손에서 조사를 끝내고 싶었어요."

"일단은?"

"예. 그자의 행적을 완전히 파악하지 못했으니, 직접 지켜보고 특이할 만한 사항이 발견되면 그때 도독께 말씀드리려 했어요."

우영영이 지긋한 눈으로 진수화를 내려다보았다.

그 눈빛이 흡사 딸을 바라보는 아비의 그것이었다.

한참 동안 그러고 있던 우영영이 근엄한 표정으로 되돌아갔다.

그러다가 천천히 고개를 끄덕였다.

화가 풀린 듯한 모습이었다.

하지만…….

휙!

가볍게 내저은 일수였다.

하나 그 위력은 절대로 가볍지 않았다.

쐐액!

공간을 격하고 날아간 기운 한줄기가 진수화를 후려쳤다.

"큭!"

마음만 먹는다면 충분히 피할 수 있었지만, 그녀는 조금도 반항하지 않았다.

우영영이 날린 경력을 그대로 맞고는 한차례 나뒹굴며 신음을 흘리고만 그녀였다.

그런 그녀였기에 우영영은 진정으로 화를 풀었다.

'화아, 부디 놈들에게 빌미를 주지 마라.'

마음속으로 이렇게 얘기하면서 우영영이 돌아섰다.

"그렇게 하거라."

"……?"

고개를 쳐든 진수화의 눈동자가 일순 일렁였다.

"두 사람은 이제부터 모든 임무에서 빠진다."

"그…… 말씀은?"

"이미 내친걸음. 고택중이라고 했던가? 그자의 정체를 완벽히 파악할 때까지 만이다."

"아! 명을 받들겠습니다!"

바닥에 부복한 채 고개를 조아리는 두 사람을 뒤로 한 채 우영영이 눈을 빛냈다.

'고택중……. 대체 그자가 누구이기에 화아가 저토록 관

심을 가진단 말인가?'

＊　　　＊　　　＊

그 무렵, 택중은 이불 위에서 몸을 뒤척이며 잠을 설치고 있었다.

'진짜 황당하네!'

어떻게 B카스를 마시고 그렇게 될 수가 있지?

아무리 생각해도 이해할 수가 없는 택중이었다.

B카스를 팔라는 얘기를 들었을 때부터 이 모양이었다.

원래대로라면 제안을 듣자마자, 덮어 놓고 팔았어야 정상이었겠지만 그는 그렇게 하지 않았다.

칼을 팔 때야 어쩌다 보니 값이 매겨져 만 냥, 이만 냥하며 팔고 있었지만, 이번엔 사정이 조금 다르다.

겨우 B카스 한 병 마셨는데, 저 정도로 큰 변화를 일으킨다면…….

'대체 얼마를 받아야 하지?'

도무지 상상조차 되지 않았다.

게다가 문제는 또 있었다.

'근데 난?'

왜 자신에게는 아무런 변화가 없는 거지?

만일 B카스가 자신에게도 통한다면, 보약도 그런 보약이 없을 텐데.

아니, 그 정도가 아니라 자신도 어쩌면 고수가 될는지도 모를 일 아닌가?

때문에 그는 쉽사리 판단한지 못하고 있었다.

한데 아무리 시간이 지나도 자신에게선 아무런 변화도 보이지 않고 있었다.

'이상하네.'

고개를 갸웃거리던 택중은 답답하다는 듯 표정을 지어보였다.

"으아아악!"

양손으로 머리칼을 마구 헝클어뜨리던 그가 돌연 안타까운 얼굴을 해 보였다.

'이럴 줄 알았으면 좀 더 가져올걸!'

반쯤은 은근슬쩍 팔아 볼까, 또 반은 접대 차원에서 가져온 B카스가 스무 상자였다.

한 상자 당 열 병씩 들었으니, 이백 병.

그중 두 병을 마셨으니 남은 건 백구십팔 병.

꽤 많은 수였지만, 일이 이렇게 되고 보니 어쩐지 부족한 느낌이었던 것이다.

'일단 그거라도 팔까?'

확 다 팔아 버리고, 다시 사 오면 되지 않을까?

그것도 한 병당 십만 냥 쯤 받고서······.

생각이 여기까지 이르자, 금세 그의 입가에 함박웃음이
번졌다.

"하하하하! 이러다가 나 완전 재벌 되는 거 아냐?!"

뒤로 벌러덩 누워서 발을 바동거리던 택중이었다.

그렇게 부푼 꿈을 안고 자리에 들었다.

그리고 그날 밤이었다.

스윽.

구름이 많아서인지 달조차 없는 밤은 어둡기만 했다.

암녹색 어둠을 뚫고 하나의 인영이 소리 없이 지붕 위에
내려섰다.

마당을 둘러싼 담벼락 너머에선 세 명이나 되는 무인들
이 경계를 서고 있었지만, 소용없는 일이었다.

워낙 은밀하게 움직이고 있었기 때문이다.

그렇게 바람처럼, 혹은 그림자처럼 움직이던 복면인은
어느새 택중이 머물고 있는 것으로 추정되는 방 쪽으로 움
직였다.

사사사삭.

그러곤 열려진 창을 통해 빠르게 스며들었다.

동시에 칼을 뽑아 들었다.

쐐액!

시퍼런 칼날이 칠흑 같은 어둠을 갈랐다.

목표는 하나.

잠들어 있는 택중이었다.

공간을 격하고 날아간 칼끝이 택중의 가슴에 닿았다고 여겨졌을 때였다.

챙!

불꽃이 튀며 쇳소리가 터졌다.

"누구냐!"

호통 소리도 뒤이었다.

하나 복면인은 대답하지 않았다.

그럴 줄 알았다는 듯 방 안에 있던 사내는 앞으로 나서며 검을 한차례 휘저었다.

그때 뒤쪽에서 택중이 떨리는 목소리로 물었다.

"누, 누구세요?"

"무치입니다."

공손한 말투였지만, 어딘지 모르게 살기가 어려 있었다.

물론 그 살기가 향한 방향은 택중이 아니었다.

무치는 택중을 막아선 채로 복면인을 향해 검끝을 겨눴다.

바로 그때였다.

휙!

가벼운 바람 소리가 일고, 그걸 알아챈 순간 무치가 황급히 바닥을 박찼다.

하지만 한 발 늦고 말았다.

펑!

폭음이 터졌고, 그와 동시에 방 안이 연기로 가득 찼다.

"콜록콜록!"

택중이 기침을 하고 있을 때, 무치가 서둘러 외쳤다.

"조심하십시오!"

경고를 함과 동시에 그가 택중이 있는 곳을 향해 몸을 날렸다.

아니, 잔상처럼 뇌리에 남아 있는 복면인의 위치에서 택중으로 이어지는 일직선을 그리고는 놈의 호흡을 계산해 지금쯤 달려들고 있을 곳을 향해 지체 없이 칼을 찔러 갔다.

흥!

그러나 빈 공간만이 칼을 맞았을 뿐이다.

"……!"

뭔가 일이 틀어졌다는 걸 깨달은 무치가 급히 몸을 돌려 택중을 덮쳤다.

그대로 택중을 감싸 안아서 복면인의 살수로부터 보호하려 한 것이다.

하나 그조차도 늦었음인가.

쇄액!

택중의 머리 위에서 시퍼런 빛이 터졌다.

"으아아악!"

무인이 아니었던 택중으로선 짙은 어둠 탓에 눈에 보이

진 않았으련만, 느낌으로 알아차린 것인가. 택중의 비명이 방 안을 울렸다.

그러나 그 순간 이미 칼날은 택중의 정수리에 내리꽂히고 있었다.

절체절명의 순간.

무치는 이를 악물었다.

그러나 그는 알고 있었다.

너무 늦었다는 것을.

그 순간이었다.

깡!

맑은 쇳소리가 울려 퍼졌다.

'……?'

지금 같은 상황에서는 도저히 들려올 수 없는 소리였기에 무치는 눈을 부릅뜨지 않을 수 없었다.

하지만 그렇다고 해서 마냥 넋 놓고 있을 수만 없는 일.

그가 다급히 외치며 택중을 찾았다.

"공자님!"

대답 소리가 들려오지 않았다.

방 안이 어두울뿐더러 안개처럼 퍼진 연기 때문에 한 치 앞도 볼 수 없었다.

그런 마당에 택중에게서 아무런 대답도 없으니 좀처럼 그를 찾을 수 없었다.

그나마 다행스러운 점은 복면인의 공격이 더 이상 이어지지 않고 있다는 점이었다.

그럼에도 무치는 긴장을 늦추지 않았다.

여전히 내공을 일으킨 채로 사방을 경계했다.

그러면서도 천천히 발걸음을 옮겨 움직이기 시작했다.

방향은 택중이 서 있던 자리.

그 부분을 중심으로 조금씩 찾아나가려는 생각에서였다.

쿵쾅쿵쾅!

어째서인지 가슴이 뛰었다.

'서, 설마……!'

불길한 생각이 무치의 뇌리를 스쳐 갈 때였다.

"무…… 치 씨!"

택중의 음성이 무치의 귓가로 날아들었다.

휙!

서둘러 몸을 날린 무치가 마침내 택중의 팔을 붙잡았을 때였다.

스스스스스.

드디어 안개처럼 퍼져 있던 연기가 걷히기 시작했다.

그러면서 천천히 드러나는 방 안의 광경.

그 순간 무치는 경악하지 않을 수 없었다.

*   *   *

뒤늦게 소리를 듣고 달려온 무사들. 그들은 방 안에 뛰어들기 무섭게 신음했다.

"헉!"

"여, 역시!"

무사들이 일제히 무치를 바라보았다.

그 눈빛엔 '무 대주님이십니다!' 하는 존경심이 가득했다.

하지만 당사자인 무치는 조금도 자랑스러워하지 않았다.

아니, 그 정도가 아니라 그는 눈빛으로나마 오히려 그들에게 되묻고 있었다.

'왜 나를 그렇게 보는 거지?'

그러거나 말거나 무사들은 소리쳤다.

"군사님께 알리겠습니다!"

"경계를 강화할 테니, 이제부턴 걱정하지 마십시오!"

두 사람이 뛰쳐나가고 난 뒤, 남은 한 명의 무사는 바닥에 쓰러져 있는 복면인을 가리키며 물었다.

"저자는 어찌할까요?"

무치가 가만히 있다가 천천히 움직였다.

쓰러져 있는 복면인을 향해서였다.

한 손에 쥐고 있는 칼은 부러져 있었고, 부러진 칼날은 심장 어림에 꽂힌 채 피를 머금고 있었다.

또한 눈은 아예 흰자만 남긴 채 뒤집어져 있었으며 입가에서 흘러나온 피가 검은 무복을 잔뜩 적시고 있었다.

절명.

한눈에도 죽은 게 틀림없어 보였다.

그럼에도 무치는 확인했다.

스윽.

손을 뻗어 턱밑에 대고 맥박을 느꼈지만, 아무런 맥도 느껴지지 않았다.

이어 손가락을 코밑으로 옮겨 숨결을 느껴 보았지만, 역시나 숨을 없었다.

죽은 게 확실했다.

그제야 그가 말했다.

"일단은 그냥 놔두도록……."

현장 보존을 위해 시체를 옮기지 않을 요량으로 말하다 말고 말끝을 흐린 무치. 그가 택중에게 시선을 던졌다.

택중에게 묻지도 않고 자신이 독단적으로 지시를 내려도 되나 싶어서였다.

그러나 지금의 택중은 무치에게 일일이 뭔가를 지시할 만한 상황이 아니었다.

부들부들.

온몸을 떨고 있었던 것이다.

보다 못한 무치가 택중에게 다가갔다.

"괜찮으십니까?"

"……."

"일단 방에서 나가시지요."

택중이 힘겹게 고개를 끄덕이자, 무치가 택중을 부축한 채 걸음을 옮겼다.

그 뒤를 무사가 뒤따랐다.

＊　　＊　　＊

소식을 듣기 무섭게 갈천성이 달려왔다.

아마도 잠을 자다가 뛰어온 것인지 의관이 엉망이었다.

그러나 당사자뿐만 아니라 누구도 신경 쓰지 않았다.

하기야 지금과 같은 마당에 누가 있어 그런 걸 탓한단 말인가.

현장에 도착하기 무섭게 갈천성이 택중의 안위부터 확인하고는 죽은 복면인을 살필 뿐이었다.

"이게 어찌 된 일인가?"

괴한의 복면을 벗겨 낸 뒤, 얼굴을 확인한 갈천성이 무치에게 물었다.

이에 무치가 간단하게 사정을 설명했다.

듣는 내내 갈천성은 속으로 은설란에게 고마워해야만 했다.

자신은 그저 담장 밖에 무사들을 두었을 뿐이지만, 은설란은 혹시나 모른다며 무치에게 담장 안쪽에 있어 달라고 부탁했던 것이다.

그 덕분에 택중은 살 수 있었다.

하나 그가 살아난 것은 그것 때문만은 아니었다.

"아무래도……."

갈천성이 무치에게서 눈길을 거두며 택중을 바라보았다.

담요를 뒤집어쓰고 떨고 있는 택중을 보면서 그가 말했다.

"고 공자의 일수에 죽은 거 같군."

"……역시 그런 거군요."

무치가 납득한다는 얼굴로 고개를 끄덕였다.

그러면서 택중을 바라보는데, 그 눈빛에 존경심이 가득했다.

그때 갈천성은 생각하는 중이었다.

'무공을 모른다고 하더니, 그게 아니었던가?'

한손으로 턱을 매만지며 눈을 빛냈다.

'괴한이 일격에 나가떨어졌다.'

뿐만 아니라 찔러 가던 검이 부러지고, 그 검 날에 오히려 자신이 당했다.

아니, 그전에 이미 내부는 완전히 진탕되어 곤죽이 되고 말았을 터다.

저런 현상은 오직 한 가지 경우밖에 없다.

반탄지기(反彈之氣).

내공의 수위가 이 갑자 이상을 넘어섰을 때 일어나는 현상이었다.

한마디로 굳이 의도하지 않아도, 위험이 닥치면 알아서 기운이 일어나 몸을 보호하는 현상이 그것이었다.

일부러 내공을 펼쳐 몸을 보호하는 호신강기보다도 한수 위의 수준이라 할 수 있었다.

그런 걸 택중이 펼쳤고, 사전에 이를 알지 못하던 복면인은 조금의 방비도 하지 못한 채 당하고만 게 틀림없었다.

'허! 고수를 몰라보았다니!'

혀를 차던 갈천성이 얼굴을 굳혔다.

불현 듯 떠오른 한 가지 생각에서였다.

'내가 알아보지 못했다?'

그렇다는 얘기는…….

'설마 반박귀진의 경지?'

반박귀진(返撲歸眞).

무공을 익혔으면서도 그 흔적이 전혀 느껴지지 않는 경지를 말한다.

다시 말해 평범한 사람처럼 보이는 것으로 신화경 또는 출입신화경이라고도 하는 것이 바로 반박귀진의 경지였다.

갈천성은 기겁하지 않을 수 없었다.

'단순히 신기자의 전인이 아니란 말인가?'

정말 그의 생각대로라면 택중이란 존재는…….

'우리 흑사련에 한 마리 신룡이 들어온 셈이구나!'

하지만 지금 당장 눈에 보이는 택중의 모습은…….

담요를 뒤집어쓴 채 벌벌 떠는 그의 모습은 그저 애처로울 뿐이었다.

그것이 연기인지, 아니면 또 다른 이유가 있기 때문인지 종잡을 수가 없는 갈천성이었다.

'어쩌면 뭔가 사연이 있을는지도…….'

여기까지 생각한 갈천성은 가만있을 수가 없었다.

택중에게 다가간 그가 슬그머니 물었다.

"고 공자, 이제 좀 괜찮은가?"

택중이 고개만 돌려 갈천성을 보았지만 차마 말을 하지 못했다.

금방이라도 울 듯한, 혹은 토를 할 듯한 표정이었다.

"이제 그만 진정하시게. 더 이상 위험한 일은 없을 테니."

"……그게…… 아니라…….."

"……?"

"사, 사람이…… 죽었다고요."

사색이 되어 더듬더듬 말하는 택중을 가만히 내려다보던 갈천성이 그 옆에 나란히 쪼그리고 앉았다.

그러곤 말했다.

"잘 들어 보게."

"……."

"굳이 흑사련에서만이 아니라, 무림이란 곳이 다 그런 법이라네. 내가 죽이지 않으면, 내가 죽는…… 그렇다고 해서 함부로 살생을 해도 된다는 건 아니지만, 나를 죽이려고 오는 자에게 적선하듯 목숨을 내어 줄 수도 없는 일이지 않은가?"

"……그야 그렇지만……."

"그러니, 현실을 빨리 파악하는 게 좋을 걸세."

한차례 미소를 지어 보였던 갈천성이 택중에게 말했다.

"해서 말인데, 손 좀 내밀어 보게."

"예?"

택중이 의아해하자, 갈천성이 가슴을 두드렸다.

"날 믿게."

그제야 택중이 손을 펼쳐 내밀었다.

그러자 갈천성이 어느새 꺼내 들었는지 단도 한 자루를 휘둘렀다.

서걱.

"헉!"

택중이 질겁해서 소리쳤다.

뿐만 아니라 뒤로 넘어가며 비명을 질렀다.

아니, 그러려고 했다.

하지만 갈천성이 좀 더 빨랐다.

"아픈가?"

터져 나오려던 비명을 삼키며 택중이 대답했다.

"……아뇨."

"것 보게. 피 한 방울도 안 나지 않은가?"

아닌 게 아니라, 택중의 손바닥엔 상처는커녕 붉은 실선
도 보이지 않았다.

도저히 방금 칼날이 스쳐 갔다고는 믿기 어려울 정도로
무사했던 것이다.

"이, 이게 어떻게 된 일이죠?"

택중이 정말 영문을 모르겠다는 되물었지만, 갈천성은
이미 그럴 줄 알았다는 얼굴이었다.

그런 표정으로 다시 한 번 단도를 휘둘렀다.

휙!

좀 전보다 훨씬 강해서 휘둘러진 단도였다.

서걱!

당연히 그 위력도 방금과 비교할 수 없을 정도였다.

"……!"

놀란 택중이 두 눈을 부릅떴지만, 이번에도 역시 비명 따
윈 지르지 않았다.

당연했다.

살갗에 상처조차 나지 않고, 조금도 아프지 않은데 무슨 비명을 지른단 말인가?

다만 택중이 눈을 껌뻑이며 어이없어 할 뿐이었다.

그런 그에게 갈천성이 말했다.

"봤지?"

끄덕끄덕.

"자, 그럼 이런 건 어떨까?"

후웅!

단도가 푸르게 변하며 도기(刀氣)에 휩싸이는 순간, 택중의 낯빛은 새파랗다 못해 검게 죽어 버렸다.

그 순간, 단도가 택중의 손바닥을 때렸다.

깡!

위로 솟구치듯 튕겨진 단도가 손아귀에서 벗어나려는 걸 갈천성이 간신히 붙잡았을 때 택중이 뒤로 넘어갔다.

"고 공자님!"

저만치서 두 사람이 하는 것을 바라보고 있던 무치가 놀라서 뛰어왔다.

하지만 갈천성이 손을 들어 그를 진정시켰다.

"괜찮네. 그저 정신을 잃은 것뿐이니."

그랬다.

택중의 손은 멀쩡했고, 오히려 단도만 날이 잔뜩 상해 있을 뿐이다.

그런데도 택중이 저리 된 것은……

놀라서 기절하고 만 것이다.

                    *   *   *

"으음……."

정신이 드는지 택중이 얕은 신음을 흘리고 있었다.

안방에서 그를 지켜보고 있던 무치가 툇마루로 달려가 갈천성에게 서둘러 알렸고, 잠시 후 그들 두 사람이 지켜보고 있을 때 택중이 눈을 떴다.

"이게 어떻게 된 일이죠?"

갈천성은 대답 대신 단도를 들어 보였다.

이빨이 잔뜩 나간 칼날을 보게 된 택중. 그가 의아한 표정을 지어 보이자, 그제야 갈천성이 말했다.

"별일 아니네. 자네의 무위가 어떤지 잠시 알아봤을 뿐이네."

"그……."

"……?"

"그렇다고 그렇게 무지막지하게 칼을 휘둘러요!"

자리에서 벌떡 일어난 택중이 화를 터뜨리자, 갈천성이 천연덕스럽게 대꾸했다.

"그럼 어쩐단 말인가? 맥문을 쥐어 봐도 내공 하나 느껴지지 않을 게 빤한데⋯⋯. 헛참! 반박귀진의 경지에 든 사람의 무공을 확인할 방법이 따로 없으니 별수가 있어야지."

"반⋯⋯ 박⋯⋯ 귀진⋯⋯ 이요?"

"그렇지 반박귀진."

"그게 뭔데요?"

되묻는 택중을 갈천성이 눈을 가늘게 바라보다가 천천히 설명해 주기 시작했다.

그러면서 생각했다.

'거짓말하는 눈이 아니다.'

그렇다는 건⋯⋯.

'자신이 무공을 익혔다는 걸 기억하지 못하는 게군.'

이른바 모종의 금제(禁制)에 걸렸다는 얘기인가?

안 그래도 그가 신기자의 전인인 것도 신비로운데, 이제는 그 어떤 금제로 인해 자신이 무공을 익혔다는 것도 알지 못한단 말인가.

이제 갈천성의 눈는 택중이 양파처럼 보일 지경이었다.

까도까도 속이 드러나지 않는⋯⋯.

"그러니까, 지금⋯⋯ 제가 고수라고 말씀하신 거예요?"

그사이 모든 설명을 들은 택중이 믿기 어렵다는 듯 물어 오고 있었다.

"그렇지. 하지만, 걱정 말게. 내 어떠한 방법을 써서라도 자네에게 걸린 금제를 풀어 주도록 하겠네."

"······헐."

할 말을 잃어버린 택중이었다.

그런 그에게 쉬라고 말하고는 일어서는 두 사람이었다.

그렇게 갈천성과 무치가 사라지고, 혼자 남게 된 택중이었지만 여전히 정신을 차리지 못하고 있었다.

그런 상태로 한참을 있던 택중은 한순간 뭔가를 깨닫고는 몸을 부르르 떨었다.

그러곤 복면인이 쓰러져 있던 곳으로 눈길을 던졌다.

꿀꺽.

그거로도 모자라 한차례 침을 삼킨 택중은 입술이 새파래져서 중얼거렸다.

"이, 이 손으로 사람을······ 죽였다고?"

충격이 컸던지 망연자실한 얼굴이 된 택중.

그가 한참 만에 정신을 차리며 또다시 중얼거렸다.

"대체 왜 날 죽이려고 드는 거지?"

아무리 생각해도 떠오르는 게 없는 그였다.

당연했다.

무림의 생리를 알 수 없으니, 그 안에 담긴 세력 구도도 읽을 수 있을 리 없다.

게다가 흑사련을 제외한 다른 이들에게 있어서 자신이 얼마나 위험한 존재가 되어 있는지 상상조차 하지 못한다.

그러니 아무리 생각한들 무슨 소용이 있을까.

한참 동안 생각했지만 아무런 소득이 없자, 택중은 고개를 설레설레 흔들 뿐이었다.

'내가 한 거라곤 물건을 팔아서 돈을 번 것밖에는 없는데……'

그러다가 불현 듯 머리를 때리는 한 가지 생각에 그는 자리에서 벌떡 일어났다.

그러곤 다락을 향해 달려가기 시작했다.

"설마!"

딸칵딸칵딸칵딸칵딸칵!

연이어 울리는 소리.

다섯 개의 자물통을 모두 풀어 낸 택중이 쏜살같이 계단을 뛰어올랐다.

그리고 궤짝 앞에 선 그가 의미심장한 눈빛이 되어 손바닥으로 궤짝을 쓰다듬었다.

딸칵!

경쾌한 소리와 함께 자물통이 열리고, 그가 다소 신중하게 궤짝 뚜껑을 들어 올렸다.

"헉!"

비명에 가까운 신음을 내지른 택중이 몸을 떨었다.

부르르.

뒤이어 풀썩 주저앉았다.

그러곤 미친 사람처럼 머리를 움켜쥐며 절규했다.

"으아아아아아아!"

울부짖는 한 마리 야수. 뭔가 비통한 울음을 터뜨리는 듯한 그의 바로 앞에 놓인 궤짝은…….

텅 비어 있었던 것이다.

제14장
광란

컹컹컹!

심야에 울리는 개소리.

어디선가 개 한 마리가 죽자고 짖어 대고 있었다.

그러던 것이 어느 순간 여기저기서 개들이 따라 짖었다.

컹컹컹컹!

커우우우!

지들이 무슨 늑대라도 되는지 아주 그냥 목을 길게 빼고 울어 댄다.

한데도 누구도 뭐라 하지 않고 있다.

당연한 일이다.

시각은 벌써 오밤중, 아니, 새벽을 달리고 있었으니까.

그런 와중에 어두운 방 안에 오도카니 앉아 있던 사람 하나.

창문으로 비쳐 드는 달빛은 그를 비추어 어딘지 모르게 신비로운 그림자를 만들어 내고 있었다.

무언가 깊은 생각에 빠졌는지 조금의 움직임도 없이 앉아만 있는 사내는 그 자체만으로도 무척 신비로웠던 것이다.

그렇게 아무런 움직임도 없던 사내였다.

그 시간이 무려 한 시간은 족히 넘기고 있을 때였다.

"우워어어어!"

갑자기 미친 듯이 머리를 헝클어뜨리며 울부짖는 사내, 택중은······.

한 마리 짐승이었다.

그 순간 그와 공명이라도 하려는 듯 온 마을의 개들이 짖기 시작했다.

커웅! 커웅! 커우우우우우!

"으악! 망할 놈들!"

눈을 번뜩이며 창밖을 노려보는 택중이었다.

그 모습이 금방이라도 뛰쳐나가 개들을 족치고말 그런 모습이었다.

하지만 그건 착각에 불과했다.

그가 코를 움찔거리며 이를 가는 상대는 따로 있었다.

"그러니까……."

살기마저 담은 눈빛을 흘리며 택중이 중얼거렸다.

"날 엿 먹였다, 이거지!"

그렇다고 해서 딱히 정해진 대상이 있는 것도 아니었다.

이유는 간단했다.

누군지 모르기 때문이었다.

다만 한 가지. 자신의 황금을 훔쳐 간 사람, 혹은 세력을 두고 이빨을 갈아 대고 있었던 것이다.

그리고 또 하나.

자신을 죽이려 든, 어쩌면 앞으로도 죽이려 들지 모르는 자들도 분노의 대상이었다.

아무튼지 간에 어느 쪽이든 놈들을 잡지 못하면 분통이 터져 못 살 것 같은 그였다.

따라서 그는 흥분을 가라앉히려 애썼다.

화를 누르고 머리를 맑게 해야만 무슨 방도를 구해도 구할 수 있을 거란 생각에서였다.

그러고 난 뒤 그가 정리한 바는 다음과 같았다.

1. 누군가 자신을 죽이려 한다.
2. 칼을 맞고도 자신은 죽지 않았다.
3. 누군가 황금을 훔쳐 갔다.

다음으론 어째서냔 의문이 들지 않을 수 없다.

1—1. 자신을 죽이려는 이유는?

1—2. 자신을 반드시 죽여야만 하는 이유를 가진 자들은?

2—1. 무공을 모르는 자신이 죽지 않은 이유는?

2—2. 앞으로도 무공을 익히지 않고도 살아남을 수 있을까?

3—1. 자신에게 황금이 있다는 걸 아는 자들은 누군가?

3—2. 그렇다면 황금을 훔쳐 간 자들은 그들인가?

이상 여섯 가지 사실을 밝혀내는 걸로 택중은 목표를 세웠다.

물론 그와 동시에 지금까지처럼 돈을 벌어야 한다.

잃어버린 황금은 황금이고, 여기까지 온 이상 큰돈을 벌어야 한다는 것만은 변함없었다.

그래야만 돌아가서 건물도 사고, 또 그걸로 여동생과 행복한 삶을 누릴 수 있을 테니까.

게다가 아직 완전히 희망이 사라진 것도 아니다.

우선 갈천성에게 받아 낼 돈이 있었고, 또 팔 수 있는 물건들도 잔뜩 있었다.

그렇다고 하더라도 잃어버린 황금을 포기할 생각은 없었

다.

그때부터 택중은 하나하나 따져서 생각하기 시작했다.

우선 항목 1.

누군가 자신을 죽이려 한다는 사실은 솔직히 조금 난감하다.

현대에서도 마찬가지지만, 이곳에서도 그가 누군가에게 죽임을 당할 만한 일을 했다고는 생각지 않기 때문이다.

하지만 가만 생각해 보니 아주 짐작이 되지 않는 건 아니었다.

갈천성과 은설란에게 들은 것도 있거니와 절대무쌍이란 책에서 본 것을 떠올려 보니, 알 것도 같았던 것이다.

'흑사련은 흑도라고 했다. 그리고 그 대척점에 있는 게 정도맹이라고 했지? 아! 그리고 북서쪽 어딘가에 마교도 있다고 했어.'

그 외에도 황실이라든지, 세외 무림이 있다고 했다.

나름 복잡한 세력 구도.

그리고 그들은 서로 으르렁거리다 못해 틈만 나면 싸운다고 하지 않았나. 그것도 목숨을 걸고서…….

한데 여기에 자신이 끼어들었다.

'내가 팔아 치운 부엌칼을 천비신도라고 불렀었지.'

한마디로 자신이 가져온 무기가 여기선 아주 무서운 무기가 되는 셈이다.

그걸 흑사련에 몰아준 것이니, 정도맹이나 마교 측에서
는 자신이 눈엣가시일 수밖에 없을 터다.

아니, 죽일 놈이 되어 있겠지.

'그럼, 그놈들 중 하나일 공산이 크군.'

하지만 당장 하나만 지목하기엔 범위가 너무 넓다.

앞으로 지켜보면서 하나하나 범위를 좁혀 나가는 수밖에
없을 터였다.

이 정도면 항목 1은 대충 정리된 셈.

다음은 항목 2인데…….

이게 또 어려운 문제다.

'어떻게 살아남았더라?'

택중은 눈살을 찌푸리며 기억을 더듬었다.

방 안에 연기가 가득 찼을 때 무치가 소리를 질렀었다.
그러곤 머리 위에서 뭔가 무서운 속도로 다가왔고, 두려움
에 사로잡힌 자신은 비명을 내지르며 손을 마구 내저
었…….

"그렇구나!"

그동안 정신이 없어서 깨닫지 못했는데…….

'내가 아무것도 하지 않은 건 아니었구나!'

손을 막 휘젓는 가운데 손끝이 괴한의 칼날과 부딪힌 게
틀림없다.

그러고 보니, 그랬던 것도 같다.

하지만 어떻게 그것만으로 놈을 죽일 수 있었던 거지?

'그자가…… 죽었단 말이지.'

또다시 자신으로 인해 누군가 죽었다고 생각하자, 잠시 울적해졌지만 택중은 이를 악물고 고개를 내저었다.

지금은 감상에 젖어 있을 때가 아니란 생각에서였다.

'그런데 왜 그자의 칼이 부러진 거지? 정말, 영감님 얘기처럼 반박귀진인지 뭔가인가?'

깊이 생각할 것도 없이, 그건 아닐 터였다.

자신은 무공을 익힌 적도 없을뿐더러, 이곳의 사람도 아니다.

그런데도 그처럼 이상한 능력을 지니게 되었다는 건…….

"아!"

뭔가 깨달았는지, 택중이 눈을 빛냈다.

그러곤 다음 순간 외쳤다.

"B카스!"

그렇다.

갈천성이 B카스를 마시고 보였던 모습이 떠오르면서 뭔가 실마리를 찾게 된 그였다.

'틀림없다.'

B카스의 효능이 자신에게도 통한 것이다.

갈천성처럼 몸이 떠오르거나 한 것은 아니지만, 그때 무언가 자신에게 능력이 생긴 것이 틀림없다.

　대충 가닥이 잡히자, 그나마 속이 뻥 뚫리는 느낌이었다.

　하지만 다음 순간 머리를 스치는 생각은 그를 찌푸리게 만들기에 충분했다.

　'그럼, 그 능력은 얼마나 가는 걸까?'

　그걸 알아야 앞으로 자신이 무공을 익힐 것인지 말 것인지, 혹은 그와 상관없이 자신을 죽이려 드는 이곳에서 살아남을 수 있을 것인지 어떤지 알 수 있을 터였다.

　물론 그전에 이곳을 떠날 수 있다면 좋겠지만, 그것도 그리 쉬운 일은 아니라 할 수 있었다.

　이곳으로 오게 된 게 자신의 뜻이 아니듯, 앞으로도 현대에서 중원으로 오고 가는 일은 자기 마음대로 되는 게 아니기 때문이었다.

　그러니 어쩌겠는가.

　어떻게든 살아남을 방도를 구해야 하지 않겠는가.

　'그냥 영감님이나 설란 씨에게 말해서 지켜 달라고 할까? 뭣하면 무치와 같은 자를 경호원으로 고용하면 어떨까?'

　잠시 잠깐, 남의 힘을 빌리는 것도 생각해 보았지만, 그다지 좋은 생각은 아니란 결론이 나왔다.

　오늘 일에서 보듯이, 아무리 철통같은 경호를 한들 뚫리면 그만이란 생각에서였다.

역시 스스로 힘을 갖는 게 가장 좋은 방법일 것이다.

'한다! 해!'

까짓 B카스를 마시든, 무공을 익히든 하면 될 거 아닌가.

'그나저나 B카스를 마시면 얼마나 그 효력이 지속되는 걸까?'

평생 가나?

택중은 고개를 갸웃거리다가 눈을 부릅떴다.

뭔가 결심한 눈치였다.

스윽.

고개를 돌린 택중의 눈에 과도 한 자루가 비쳤다.

덜덜덜덜.

자신도 모르게 과도를 집어 가는 그의 손이 바들바들 떨리고 있었다.

한참 만에 집어 든 과도를 들어 올리자, 날 끝에 예광이 번뜩였다.

꿀꺽.

한차례 침을 삼킨 택중이 과도를 들어 왼쪽 손바닥 위에 올려놓았다.

이어 힘껏 당기려다가 이내 한숨을 내쉬었다.

그러곤 과도 날을 슬그머니 옮겨서 새끼손가락 끝으로 가져갔다.

스윽.

살짝 스치듯 칼을 휘둘렀다.

하지만 아픔은 느껴지지 않았다.

베는 게 아니라 마치 긁는 듯한 느낌만 줄 뿐이었다.

그뿐이었다.

상처도 생겨나지 않았다.

'아직은 효력이 계속된다는 얘기네.'

일단은 좀 더 지켜봐야 할 것 같았다.

어쩌면 내일 당장 효력이 사라질 수도 있었고, 또 어쩌면 정말 평생 갈지도 모를 일이다.

어느 쪽이 되었든······.

'안 팔길 잘했네.'

백구십팔 병이나 남은 B카스라지만, 자신의 목숨을 생각하면 그다지 많은 수도 아닌 것이다.

목숨 줄이 왔다 갔다 하는 마당에 돈이 된다고 무작정 팔아 먹을 수도 없는 게 아닌가.

우선 무공을 익히든 뭘 하든 간에 살아남을 방도를 마련한 뒤에야 팔아도 팔아야 할 것이다.

하기야 많다고 한들 하루 종일 B카스만 마시고 있을 수도 없는 일이겠지만.

그러나 일단은 안전한 상황이 아니면 무조건 마시고 보는 쪽이 좋을 것 같았다.

"좋아! 좋아! 여기까진, 대충 이 정도에서 정리하
고……."

이제 남은 문제는 항목 3인데…….

"대체 누구냐!"

으득!

이를 한차례 갈아 댄 뒤 택중이 눈을 번뜩였다.

그 모습이 어지간히 독해 보였는데, 자신을 죽이려는 자
들을 생각할 때보다 곱절은 더해 보였다.

당연했다.

황금!

피 같은 황금을 훔쳐 간 자들을 생각하는 것만으로도 피
가 거꾸로 솟는 느낌이었기 때문이다.

'우선, 나를 죽이려 했던 자들이 가장 의심스럽지
만…….'

안타깝게도 그들이 누군지는 아직 알 수가 없다.

따라서 그들 외에 다른 자들을 생각해 볼 수밖에 없었다.

'나한테 황금이 있다는 걸 아는 사람은?'

당장에 머릿속에 떠오른 것은 두 사람이었다.

갈천성.

그리고 은설란.

'조금 이상하긴 해.'

갑자기 찾아와 열흘간이나 떠나 있겠다고 하던, 은설란.

그리고 칼을 서른 자루나 사고도 돈은 나중에 주겠다며 말하던 갈천성.

뿐인가.

부탁하지도 않았는데, 자신을 지켜 주겠다며 담장 밖에 세워 둔 무사들 하며…….

생각해 보니 이상한 게 한둘이 아니다.

'가만! 그놈도?'

무치도 의심스럽다.

온종일 자신을 이리저리 끌고 다닌 것도 이제는 의심스럽기만 했던 것이다.

"아우! 그건 아니지!"

'아무리 상황이 이 모양 이 꼴이 되었어도, 그건 좀 억지잖아!'

안내를 부탁한 것은 자신. 그런 자신을 성실히 안내해 준 자마저 의심하다니…….

"히유…… 어쩌다 이렇게 된 거지?"

누굴 탓하기 이전에 자기 자신부터 탓할 일이다.

애당초 연고라곤 무엇 하나 없는 이곳에서 과부 옷고름 풀어 놓듯 방심하고만 자신이 가장 큰 문제 아닌가.

돈이 한두 푼도 아니고……. 무려 천억이나 되는 걸 안이하게 보관하다니.

"내가 미쳤지! 아우! 내가 미쳤어, 미쳤어!"

주먹을 들어 자신의 머리를 쥐어박던 택중이 길게 한숨을 내쉬었다.

　그러면서 생각했다.

　'그럼, 이제 어쩐다?'

　"뭘 어째! 도둑놈들을 잡아다가 콱 족쳐야지!"

　'글쎄, 과연 그게 가능할까?'

　"흥! 왜 이래! 나, 고택중이야, 고택중이라고!"

　'그래, 그래. 고택중…… 천억이나 되는 걸 다락방에 가져다 두고 꼴랑 자물쇠 따윌 믿고선 여기저길 쏘다닌 고택중이지…….'

　"끄워어어어! 나, 고택중이 이대로 당할 것 같아!"

　'그럼 어쩔 건데? 그 구렁이 같은 영감탱이한테 가서 따질 건가? 아니면, 어디 있는지도 모르는 그녀를 찾아 떠나시게? 아니, 그전에 그자들이 어디 사는지는 알아?'

　'무엇보다 그들이 범인이라는 증거가 있어?'

　'다른 놈들이 진짜 범인일지도 모르잖아!'

　'하기야 목숨까지 노리는 놈들인데, 황금인들 못 훔쳐 가겠어?'

　"제, 젠장! 그럼 어쩌라구!"

　택중이 다시금 자신의 머리칼을 헝클어뜨리며 악을 써 댔다.

　그러다 갑자기 움직임을 멈추고는 눈을 번뜩였다.

'쯧쯧. 왜 이래? 천하의 고택중이…… 생각해 봐. 네가 마지막으로 황금을 확인한 게 언제지?'

"그야, 오늘 집을 나서기 전이지."

'그렇지? 그럼, 오늘 하루 동안 무언가 일이 있었다는 거네?'

"그렇……!"

택중의 머릿속에 수많은 생각이 스쳐 갔다.

그 와중에 그는 깨달았다.

오늘 하루, 그가 만났던 자들 중에 가장 의심스러운 두 사람을 전혀 의심하지 않고 있었다는 것을.

"진…… 수화?"

그리고 그녀의 시비라는 여인, 옥란.

그녀들의 얼굴이 그의 머릿속에 선명히 떠올랐던 것이다.

하지만 그도 잠시뿐.

'아니지, 아니야! 그녀들이 의심스러운 것은 맞지만, 그들이 내가 황금을 가졌다는 걸 어찌 알고……?'

"……영감탱이와 한패라면? 혹은 정도맹이나 마교의 끄나풀이라면?"

'그럴 수도 있지. 하지만, 확증이 없잖아, 확증이!'

하긴…….

설사 용의자 선상에 있는 자들 중 진짜 범인을 찾아낸다고 한들, 어찌할 것인가?

경찰에 신고해?

여기에 경찰은 있고?

해결사들이라도 고용해? 왜, 있잖아? 길가에 현수막 쫙 걸려 있던 것들…… 돈 받아 주겠다며 호언장담하는 자들.

과연…… 한데 여기도 그런 이들이 있을까?

흠, 이 동네도 사람 사는 덴데 있지 않을까?

'그러다가 그놈들에게도 뒤통수 맞지 않는다는 보장은 있고?'

"하기야, 그런 상황이 벌어지면…… 꼼짝없이 당하는 수 밖에……"

나오느니 한숨뿐이다.

결국, 택중은 방바닥에 벌렁 드러누웠다.

창가로 비쳐드는 달빛. 훤히 드러난 둥근 달이…….

"아, 진짜 그지 같네."

마가 낀 거다.

호사다마(好事多魔)…….

좋은 일엔 반드시 마가 낀다더니.

애당초 조심했으면 이런 일이 없었을 건데…….

뒤늦은 후회가 밀려들었지만, 이제 와 어쩌랴.

택중은 짜증이 나서 다시금 벌떡 일어났다.

그러곤 중얼거렸다.

"내가 또 이런 실수를 하면 사람이 아니다!"

만일 또다시 이런 일이 벌어진다면, 고생스럽게 현대와 중원을 오가는 의미는 없지 않은가.

언제 현대로 돌아가서 다시는 이곳으로 오지 못하게 될는지 모르지만, 그때까지 반드시 수천억을 모아서 돌아가고 말 테다!

그러기 위해서라도 내일부턴 또다시 열심히 팔아 치워야 하리라.

다시금 결심을 단단히 한 택중이 심각한 얼굴로 말했다.

그리고…….

"일단 한 사람씩!"

의심스럽다고 생각되는 용의자들을 훑어 가는 게 먼저다. 그 와중에 확실한 증거를 잡아내야 한다.

"반드시……!"

깊어 가는 밤.

택중의 눈빛 또한 깊어만 가고 있었다.

*   *   *

화양루(華陽樓).

군산에서 가장 큰 주루는커녕, 알려지지도 않았던 곳이다.

그러던 곳이 흑사련이 근방에 자리를 잡으면서 점점 활

기를 띠더니, 이제는 제법 알려져 점차 번영하고 있는 곳이었다.

그곳 이층 창가 자리에 두 명의 여인이 마주 본 채 앉아 있었다.

탁자 위엔 찻잔이 놓여 있었지만, 벌써 이각이 넘도록 두 사람은 목조차 축이지 않고 있었다.

그들 사이엔 대화도 없었다.

아니, 그 이전에 그들 간에 흐르는 공기는 싸늘하기만 했다.

한 여인은 차가운 눈빛이 된 채 가끔가다가 그 가늘고 아름답게 뻗어 있는 눈썹을 꿈틀거렸고, 또 한 여인은 앞서 여인을 흘낏거리면서도 감히 눈을 맞추지 못한 채 어찌할 줄 모르는 모습이었다.

또다시 일각여가 지났을 때였다.

차가운 인상을 팍팍 주고 있던 여인, 진수화가 입술을 달싹였다.

한데 당연히 흘러나와야 할 음성은 나오지 않고 있었다.

전음이었다.

―안 온다 이거지?

누구에게 묻는 건가?

당연히 자신에게 묻는 것은 아니었지만, 옥란은 대답하지 않을 수 없었다.

—약속을 잊은 건 아닐 거예요.

—흥! 그걸 네가 어찌 알지?

—그, 그건······.

딱히 대답할 바를 찾지 못하던 옥란.

하지만 그녀가 진수화를 모신 게 벌써 몇 년이던가.

그녀의 기지가 발휘되는 순간이었다.

—설마, 부도독 각하와 약속을 하고도 나오지 않을 사내가 있겠어요?

—······그거, 지금 아부라고 하는 거?

전음에 앞서 곧바로 고개부터 흔들고 보는 옥란이었다.

—아뇨. 사실이 그런 걸요. 감히 부위장님 같은 미녀가 만나 주겠다는데, 그놈 따위가 어찌······!

대꾸는 없었다.

그 때문에 옥란은 금세 사색이 되어 또다시 자신의 상관을 힐끔거렸다.

바로 그때 웃음이 터졌다.

"깔깔깔깔!"

진수화가 호탕하게 웃어 젖히더니 뚝 하고 웃음을 그쳤다.

그러곤 말했다.

"듣기엔 좋구나!"

"아, 아부 아닌데요."

"호호호호, 그래그래. 알겠다니까."

옥란은 또 다른 의미로 얼굴빛이 어두워졌다.

그러면서 자신의 상관을 바라보았다.

기실, 진수화는 북경제일미라고 불리고 있었다.

그런 만큼 수많은 사내들이 그녀를 흠모했다.

황궁을 드나드는 고관대작의 자제들 사이에선, 그녀야말로 천하제일미가 아니냐는 소리까지 심심찮게 나오곤 했다. 하루가 멀다 하고 그들이 매파를 보내 오는 건 당연했다.

물론 그때마다 진수화는 코웃음을 치면서 상대도 하지 않았지만…….

그 이유라는 게…….

옥란은 한숨이 나왔다.

'원래대로라면……. 이렇게 살지 않아도 되셨을 분인데…….'

워낙 어려서부터 함께했기에 진수화에 대해서 대강의 사정을 알고 있었던 옥란.

그녀는 안타까웠지만 내색하지 않으려 애쓰며 말했다.

"하여간 놈이 오긴 올 거예요. 틀림없어요!"

"알았다니까, 그러네."

피식 웃으며 찻잔을 들어 올리던 진수화가 눈을 반짝였다.

막 창밖을 바라보던 때였다.

—왔군.

　—……그렇다니까요.

　"호호호호호!"

　진수화가 기분 좋게 웃음을 흘리고 있을 때, 택중은 주루 앞에서 서성이며 주위를 살피고 있었다.

　길눈이 어두워서가 아니라, 이곳 지리를 잘 몰라서였다.

　진수화와 약속했던 장소가 맞는지 확신할 수가 없었던 탓이다.

　바로 그때였다.

　화양루를 살피던 택중은 고개를 쳐들었다가 창가에 모습을 보이고 있는 여인을 발견하고 안도한 표정을 지었다.

　진수화가 지긋이 웃으며 자신을 바라보고 있었던 것이다.

　안심했던 것일까.

　택중은 저도 모르게 손을 흔들었다.

　"호호호호. 꼴에 남자라고 저런 짓도 하네요?"

　처음 보았을 때부터 택중을 순진무구한 자로 치부하고 있던 옥란이 비웃듯 말했지만, 진수화는 대꾸하지 않았다.

　그저 빙그레 웃기만 할 뿐이었다.

　그때, 택중…….

　문으로 발길을 들이는 그의 눈동자 어디에서도 웃음기는 찾아볼 수 없었다.

잠시 후, 이층으로 올라온 그가 주저 없이 그녀들에게 다가왔다.

옥란이 자리를 옮겨 진수화 옆으로 가자, 택중이 자리에 앉으며 말했다.

"죄송해요. 제가 이 동네가 처음이라서⋯⋯."

어디서 되지도 않을 변명을!

발끈한 옥란, 그녀가 얼굴이 순간 달아올라 뭐라고 말하려는 찰나 진수화가 방긋 웃으며 말했다.

"호호호호. 뭘요. 저희도 방금 온 걸요."

"아! 그러셨어요? 다행이네요. 전 또 많이 기다리신 줄 알고⋯⋯."

이렇게 말한 뒤, 택중이 입을 닫더니 진수화를 물끄러미 쳐다보는 게 아닌가.

'이놈이 왜 날 이렇게 뚫어져라 쳐다보지?'

진수화가 알 수 없는 불쾌감에 발끈했다.

'흥! 그럼 그렇지! 너도 별 수 없구나!'

옥란은 비웃음 어린 미소를 숨기려 애쓰고 있었다.

그러면서 택중에게 눈빛을 보냈다.

그만하라는⋯⋯.

그런 짓은 저잣거리의 파락호들도 하지 않는 후안무치한 짓이라고.

하지만 택중은 눈길을 거둘 생각이 없는 모양이었다.

침묵.

한동안 택중이 진수화의 얼굴을 뚫어져라 쳐다보는 상황이 이어졌다.

"왜 그렇게 절 쳐다보는 거죠?"

결국, 진수화가 묻고 말았다.

택중이 대답했다.

"그냥요."

'그, 그냥?'

진수화의 눈썹이 순간 꿈틀거렸다.

옥란 역시 인상을 쓰고 말았다.

하나 두 사람 모두 내색하지 않았다.

그녀들의 신분상, 그리고 지금 맡은 임무 때문에라도 그럴 처지가 아니었기에.

그럼에도 다소 차가워진 눈빛만은 숨기지 못했다.

어색해진 공기 속에서 옥란이 손을 치켜들어 점소이를 불렀고, 쪼르르 달려온 점소이가 그녀에게서 주문을 받아 돌아섰을 때였다.

"아가씬 어디 사세요?"

"푸웁!"

막 찻물을 들이키고 있던 진수화가 사레가 들리고 말았다.

아가씨라니!

이런 막돼 먹은 놈!

옥란이 주먹을 움켜쥐었을 때, 진수화가 미소를 되찾으며 되물었다.

"그게 궁금해요?"

"예."

"그게 왜 궁금할까요?"

"그야……."

"……?"

"관심이 있으니까, 그렇죠."

"……!"

노골적인 발언.

진수화의 눈이 휘둥그레졌다.

'이런 놈이었던가?'

반면 택중은 눈빛을 반짝였다.

'당신의 정체를 밝혀 주겠다!'

그리고 옥란을 힐끔거리며 의심스러운 눈빛을 거두지 않았다.

또다시 침묵이 흐르고 있을 때, 술과 안주가 나오고, 곧이어 술잔 채워지는 소리가 탁자 위로 흘렀다.

돌돌돌돌돌.

가득 찬 술잔을 들고 택중이 물었다.

"뭘 위해 건배하죠?"

"글쎄요. 일단 오늘 술은 제가 사는 사과주이니……. 공자의 건강부터 챙겨 볼까요?"

"……."

"아니면 말고요."

"……이건 어떨까요? 진실한 세상을 위해!"

"흐음, 당신……."

"……?"

"꽤 하는데?"

'날 한 번 꼬셔 보겠다 이거지? 깔깔깔깔, 좋아좋아! 일단 넘어가 줘 볼까? 정체를 밝혀내기 위해서라면……. 호호호!'

택중이 소리쳤다.

"자, 그럼……. 건배! 진실한 세상을 위해!"

'신상을 탈탈 털어 주지!'

동상이몽(同床異夢).

각자가 다른 생각으로 잔을 높이 쳐들었다.

"진실한 세상을 위해!"

"진실한 세상을 위해!"

바로 그때였다.

"여기서 뭐해요?"

고개를 돌린 택중이 놀라 물었다.

"다, 당신이 여길 왜?"

은설란, 그녀였다.

택중은 묻지 않을 수 없었다.

"열흘쯤 걸린다면서요?"

'흠, 의심스러운데?'

은설란이 대답했다.

"예정이 조금 바뀌었어요."

자세한 사정을 말하긴 어렵다는 듯 말끝을 흐렸다.

그렇다고 뭐 특별한 비밀이 있는 건 아니었다.

단지 부끄러웠을 뿐이다.

원래대로라면 항주로 가는 길목에 있어야 하는 그녀지만,
어젯밤 늦을 시각 무치로부터 날아온 전서구를 통해 소식을
접했던 터였다.

택중이 죽을 뻔했다는 얘기와 함께 언제 또 그와 같은 일
이 벌어질지 모른다는 얘기였다.

그 사실을 알게 되기 무섭게 당장에 무리에서 이탈했
다.

그러곤 뒤도 돌아보지 않고 밤새 길을 달렸다.

그 바람에 그녀는 지금 매우 지쳐 있었고, 옷 아래는 온
통 땀으로 뒤범벅이었다.

그런데도 여기까지 온 것은 오로지 택중에 대한 걱정 때
문이었던 것이다.

하지만 와서 보니 택중의 모습은 생각보다 좋아 보였다.

그제야 은설란은 까닭 모를 부끄러움을 느꼈고, 그로 인해 사실을 숨기게 된 터였다.

이 사실을 알 리 없는 택중이 눈을 가늘게 뜨고 그녀를 볼 때, 은설란은 은설란대로 의심스러운 눈초리로 진수화와 옥란을 바라보고 있었다.

반면 진수화 역시 언짢은 눈빛을 흘리고 있었다.

'저건 또 왜 나타난 거야?'

뭔가 꼬여 간다는 느낌이었던 것이다.

'이러다, 오늘도 실패하는 거 아냐?'

그러면서 전음을 날렸다.

—저 여인은 누구지?

—소신도 잘…….

—알아보도록, 최대한 빨리.

—존명!

한차례 빠르게 전음으로 대화를 나눈 두 사람이 먼저 인사했다.

"처음 뵙네요, 진수화라고 해요. 여긴 제 동생이나 마찬가지인 옥란이라고 하고요."

"은설란이에요."

다소 딱딱한 음성과 함께 고개를 끄덕이는 그녀를 진수화가 훑어보았다.

'채찍을 쓰는군.'

그 외엔 이렇다 할 특징이 없었다.

아니, 있긴 했다.

'예쁘게 생겼네.'

눈가를 좁히며 은설란을 보던 진수화의 귓가로 택중의 음성이 흘러들었다.

"그러고 서지 말고 여기 앉아요."

그러면서 자신의 손바닥으로 옆자리를 두드리며 웃는 택중이었다.

은설란이 피식 웃더니 자리 앉았다.

"근데, 여긴 어쩐 일이에요?"

"아, 그거요? 실은 어제 도둑……."

'아니지! 먼저 묻지도 않는데, 황금을 도둑맞은 일을 밝힐 필요가 있을까? 안 되지!'

은설란의 사정을 모르는 그는 가볍게 고개를 내저으며 말을 바꿨다.

"어제, 여기 이분이랑 우연히 마주쳤거든요. 그래서……."

대강의 사정이 이어졌다.

한데 그 얘기를 듣는 은설란의 안색이 그다지 좋지 않았다.

우연?

'뭔가 있군.'

험난한 강호에서 잔뼈가 굵은 그녀다.

그런 그녀가 '우연' 따윌 믿을 턱이 없었다.

더구나 택중이 어떤 자인가?

신기자의 전인 아닌가.

그처럼 대단한 자에게 우연을 가장해 다가온 여인들이라
니…….

눈가를 좁히던 그녀가 물었다.

이번에는 진수화를 향해서였다.

"혹시 어디서 오셨는지 알 수 있을까요?"

"호호호호. 다들 제 출신이 궁금하신 모양이네요."

잠시 미소로 일행을 둘러보던 진수화가 말문을 열었다.

"강서에서 왔어요."

"강서요? 꽤 멀리서 오셨네요. 그럼 혹시……."

"……?"

"진가장?"

순간 진수화의 눈빛이 바뀌었다가 되돌아오는 걸 은설란
은 놓치지 않았다.

"아뇨. 그렇진 않답니다. 다들 그렇게 물으시곤 하는데,
그래도 굳이 따지자면 그저 먼 친척이랄까……. 하지만 이
제 와선 그곳과는 아무런 관련이 없네요."

"그렇군요."

"호호호호. 이럴 게 아니라 술 한 잔씩 할까요?"

진수화의 제안에 따라 술잔이 오가기 시작했다.

그러길 이각여.

그동안 서로 눈치만 보느라 다들 말이 없었고, 대신 술 따르는 소리만 들리는 상황이 이어졌다.

그런 와중에 서로 간의 의심은 그 깊이를 알 수 없을 만큼 자꾸만 깊어져 가고 있었다.

그러다 보니 시간이 갈수록 서로의 정체에 관해 묻는 걸 점점 피하게 되고 말았다.

결국 본의 아니게 쓸데없는 것만 자꾸 묻게 되고, 또 건성으로 대답하는 일이 반복되었다.

하지만 그것도 한계가 있었다.

참지 못한 진수화가 결심했는지 물었다.

"근데, 고 공자께선 어디 분이세요?"

"아, 저요?"

막 안주 한 점을 집어서 입안에 넣고 있던 택중이 되묻자, 진수화가 미소와 함께 고개를 끄덕였다.

"예. 너무 궁금한 거 있죠?"

"하하하. 별걸 다 궁금해하시네요. 저는……."

그때였다.

"고 공자께선 본 련의 손님이시랍니다."

은설란의 칼 같은 음성이 택중의 말허리를 끊어 내었다.

당연히 은설란을 원수 보듯 바라보는 진수화.

그녀의 시선을 피하지 않은 채 은설란이 덧붙였다.

"아, 말씀드리지 않았던가요? 전 흑사련 소속이랍니다. 그리고 고 공자께선 흑사련 안에 마련된 처소에 머무시고요. 그 외엔 궁금하시더라도 묻지 말아 주셨으면 좋겠습니다."

빠직.

진수화의 이마에 힘줄이 불거졌다가 사라지고, 그녀는 언제 그랬냐는 듯 밝은 미소를 지어 보였다.

"어머나! 그러셨구나! 전 그런 것도 모르고…… 근데, 흑사련이라면 여기 고 공자께서도 무공을 익히셨나 봐요? 겉으론 그렇게 보이지 않는데……?"

'흥! 네가 그렇게 말하면, 내가 네! 할 줄 알았니?'

속도 모르는 택중이 막 대답하려는 찰나,

"그게 어째서 궁금할까요? 혹시 무슨 의도라도 있으신지?"

은설란이 차갑게 되묻자, 순간 택중이 말문을 닫고는 그녀를 쳐다보았다.

'얜 또 왜 이래? 오늘따라 되게 까칠하게 구네? 아니지? 이것들 혹시 서로 짜고서 날……?'

순간 택중의 두 눈이 치켜졌다.

그걸 아는지 모르는지 진수화가 미간을 찡그렸다가 얼른 화사하게 웃었다.

"호호호호호! 의도라뇨? 그런 게 있을 리가요? 순수하게 두 남녀가 만나서 서로에 대해 알고 싶어 하는 건 당연한 거 아닌가요? 그죠? 공자님?"

"예? 아, 예. 그렇죠. 저도…… 당신들이 무지 궁금하거든요."

"그러시다는데요?"

"차차……."

"예?"

"차차 알아 가도록 하세요. 정말 이분에게 호감이 있으시다면……. 오늘만 날이 아니잖아요?"

은설란이 매몰차게 말하자, 진수화가 얼른 대꾸하지 못했다.

은설란이 한 말 때문만이 아니었다.

금방이라도 무기를 꺼내 들 것만 같은 그녀의 기세 때문이었다.

싸우는 거야 겁나지 않았지만, 문제는 일이 그 지경으로 흐르면 될 일도 안 된다는 거다.

한마디로 임무가 실패하게 되리란 예감.

하는 수 없이 진수화는 한 걸음 뒤로 물러날 생각을 했다.

반면 택중은…….

'제기랄! 왜! 왜! 왜냐구! 내가 그녀 좀 알겠다는데, 왜

네가 방해하는 거냐구! 혹시 정말 너였던 거냐! 아니, 니들인 거지?'

이미 마음속에선 그녀들 모두가 도둑이었다.

자신의 피 같은 황금을 훔쳐 간 몹쓸 것들!

'기필코 밝혀내고 만다! 그래서 반드시 되찾을 것이다! 두고 보라지!'

굳은 결심을 하는 택중이었다.

어찌 되었든, 상황이 이상하게 흐르면서 네 사람이 앉아 있는 탁자 위로는 한층 차가운 기류가 흘렀다.

때문에 그들은 서로 말을 아끼며 술잔만 연거푸 비워 낼 뿐이었다.

단지 할 일이 없어서만은 아니었다.

특히 진수화의 경우엔 몹시 기분이 나빴던 것이다.

'흥! 빌어먹을 년! 네년이 감히 날 물 먹여? 찢어 죽일 년 같으니라고!'

화가 치민 그녀는 쉴 새 없이 술잔을 기울이고 있었다.

보다 못한 옥란이 전음을 보내 왔다.

—각하…… 너무 급하게 마시는 게 아니신지요?

—냅둬!!

—그래도……!

—캭! 너까지 날 무시하는 거냐! 응? 그런 거냐고?

——……아닙니다.

그렇게 밤이 찾아올 무렵까지도 그들은 술병을 비워 내고 있었다.

그러면서도 그들 중 누구 하나 자리를 떠나는 자가 없었다.

다들 어떻게 하면 티 안 내고 상대방의 정체를 알아낼까 고심한 탓이었다.

한마디로 이대로 떠나기엔 아쉬웠던 것이다.

그러나 그도 잠시뿐이었다.

술에 취하지 않을 사람이 세상에 있던가.

"깔깔깔깔. 고 공자님은 참 이상해."

이미, 진수화의 혀는 꼬부라진 지 오래였다.

"꺽! R가?"

택중도 정상은 아니었다.

두 사람뿐만이 아니다.

"푸후…… 푸푸푸푸우!"

술이 약한지 옥란은 고개를 탁자에 처박을 듯 깊이 숙인 채 바튼 숨을 몰아쉬고 있었다.

반면 은설란은 차가운 눈빛을 유지하고 있었지만, 속은 또 달랐다.

이미 반쯤 넋이 나간 그녀였다.

'아, 울렁거려! 시끄럽긴 왜 이렇게 시끄러운 거야!'

아닌 게 아니라, 진수화의 목청은 컸다.

"그렇다니까 그러네!"

"마셔! 마셔!"

"당신!"

"예엡!"

거수경례를 하며 오버 액션을 취하는 택중을 진수화가 노려보다가 푸들푸들 웃으며 손을 흔들었다.

"호호호, 그래, 당신 말이야. 왜 그따위로 입고 다니는 건데? 응? 여긴 중원이라고! 중원! 왜, 이상한 옷을 입고…… 아하하하하! 그 머리 꼴은 또 뭐냐고! 진짜 우웃껴~"

쿵!

탁자 위에 머리를 처박고만 진수화.

정신줄을 놓아 버린 그녀를 택중이 흔들었다.

"이봐요! 이봐아! 인나! 인나라고! 술잔 비었다니까! 얼른 술 따라 줘야 할 거 아냐! 꺼억!"

쿵!

택중 역시 정신을 잃고 말았다.

이제 남은 것은 은설란. 그리고 그때까지도 고개를 숙이고 깊게 숨을 몰아쉬고 있던 옥란.

은설란이 게슴츠레한 눈으로 옥란을 보았다.

"이제, 일어나야겠어요. 다들……."

바로 그때, 옥란이 벌떡 일어났다.

"······?"

"우······."

"······?"

"우웩!"

토사광란(吐瀉狂亂)의 참사가 벌어졌다.

　　　　　*　　　　*　　　　*

날이 밝았다.

우우우웅.

진동이 몇 차례 울린 뒤 알람이 터졌다.

오빠 언능 일어나! 아잉~ 언능~!

알람 소리에 살짝 잠이 깬 택중이었지만, 얼른 정신을 차리지 못했다.

그러곤 여전히 눈을 뜨지 못한 채 중얼거렸다.

"무······ 울!"

목이 너무 마른 그였다.

손을 뻗어 허우적거리던 택중은 뭔가 이질적인 느낌에 야릇한 기분을 느꼈다.

그는 왼쪽으로 돌아누우며 잡히는 대로 주물럭거렸다.

물컹물컹.

"음냐~ 음냐~"

이번엔 오른쪽으로 돌아누운 그가 또다시 주물럭거렸다.

몰캉몰캉.

"쩌업~ 쩝~"

입맛을 다신 그가 다시 물을 찾았다.

"음냐, 물~!"

허우적거리는 택중의 두 손이 사방천지를 더듬고 있었
다.

그때마다 뭔가 손끝에서 물컹거렸다.

그 순간 진동이 몇 차례 울리며 또다시 알람이 터졌다.

오빠 언능 일어나! 아잉~ 언능~!

알람 소리에 잠이 달아나는지, 게슴츠레 눈을 뜬 그였다.

'엉? 뭐지?'

저 매끈한 굴곡은?

새하얀 피부…….

더불어 손끝으로 전해지는 부드러운 감촉…….

그리고 바로 눈앞에 있는 저것은,

'달님처럼 아름다운 엉덩이……?'

"히익!"

화들짝 놀란 택중은 상체를 벌떡 일으켰다.

그러곤 휘둥그레진 눈으로 사방을 살폈다.

하나…… 둘…… 셋!

여인 셋이 속옷만 걸친 채 누워 있었다.

그 한가운데, 자신이 앉아 있었던 것이다.

그것도 사각팬티 한 장만 걸친 채……

"뜨악!"

다시 한 번 깜짝 놀란 택중이 자리에서 벌떡 일어섰다.

그러곤 한 손으로 자신의 팬티 고무줄을 당겨 확인했다.

"휴우~!"

일단 아무 일도 없는 듯.

확신할 수는 없었지만……

어찌 되었든 우선은 자리를 벗어나야 할 터였다.

살금살금.

눈을 동그랗게 뜨고, 뒷발을 든 채 조심스레 움직이기 시작한 택중. 그가 흡사 도둑고양이처럼 움직이고 있을 때였다.

"……!"

한순간 석상처럼 굳고만 택중이 시선을 한곳에 고정한 채 움직이지 못했다.

두 개의 눈동자가 자신을 바라보고 있었던 것이다.

설명할 틈도 없이 옥란이 비명을 내질렀다.

"꺄아아아아아아!"

"끄워어어어어어어!"

"죽엇!!!"

광란은 끝나지 않았다.

제1 5장
결심

수치다!

감히 날 물 먹이다니!

추풍객이라는 별호를 지닌 날…….

감히!

내가 누군데…….

마음만 먹으면 아미파의 장문인인 해연신니의 속옷조차 훔쳐 낼 수 있는 나이거늘.

그런 나를 완전히 농락했다 이거지!

"으득!"

공달은 치밀어 오르는 분노를 참지 못했다.

그 분노를 의지로 바꿔 활활 불타오르는 그였다.

"반드시 밝혀낸다! 어떤 놈인지 모르지만, 반드시 밝혀
내서 이 수모를 되갚아 주겠다!"

추풍객 공달.

그가 담벼락 속으로 몸을 감추었다.

전설 속의 은형술.

은룡잠형(隱龍潛形)이 이백 년 만에 다시 나타나는 순간
이었다.

* * *

한 남자가 있다.

마루에 앉지도 못하고 마당에서 무릎을 꿇고 있는 걸로
도 모자라, 두 손을 높이 들고 있는 사내는…….

헐벗은 모습이었다.

걸친 거라곤 그저 팬티 한 장이 다인 남자는 다름 아닌
택중이었다.

뿐만 아니라, 온몸에 시퍼런 멍이 한가득이다.

그걸로도 모자라 그의 왼쪽 눈두덩이 한껏 부어 있었다.

그런 그를 향해 세 여인의 눈빛이 칼날처럼 날아들어 지
금 이 순간에도 난도질을 해 대는 중이었다.

머리를 숙이고 있던 택중이 슬그머니 고개를 쳐들었다가,
진수화의 시선과 마주치곤 숨을 삼켰다.

'크흑!'

자신을 잡아먹을 듯한 눈초리.

부르르르.

한차례 몸을 떨고만 택중이 금세 울상이 되고 말았다.

'일이 왜 이 지경이람?'

그렇게 물은들 무슨 소용 있을까.

아무리 생각해도 떠오르는 게 없으니 문제 아닌가.

택중의 얼굴은 점점 더 울상이 되어 갔다.

바로 그때 한숨 소리가 들렸다.

이어 은설란의 음성이 날아들었다.

"이제, 그만하죠."

"안 되욧!"

진수화의 앙칼진 목소리가 대번에 거부했다.

"그래도, 이만큼 했으면······."

"흥! 저런 파렴치한 작자는 좀 더 뜨거운 맛을 봐야 해
욧!"

"하지만, 무슨 큰일이 있었던 것도 아니고······."

"이게 큰일이 아니면 뭐란 말이죠? 어! 혹시 은 소저?"

"아, 아니에요! 아니라니까요!"

손사래까지 치며 강하게 부정하는 은설란을 진수화가 반
개한 눈으로 쳐다보았다.

몹시 의심스럽다는 눈빛을 날리던 진수화가 피식 웃었다.

그러곤 택중을 불렀다.

"이봐요!"

"예?"

확 하고 고개를 쳐들고 그녀를 바라보며 대답하는 택중의 눈동자가 크게 떨리고 있었다.

그런 그를 보자니, 진수화는 화낼 생각이 대번에 사라지고 말았다.

'그래, 이쯤에서……'

이미 한차례 자신들의 몸에 이상이 없다는 걸 확인한 그녀들이었기에 가능한 일이었다.

그렇다곤 하지만 밤새 벌거벗은 몸으로 서로 얼싸안고 뒹굴었을 생각을 하니…….

얼굴이 붉어진 진수화였다.

그녀가 다소 고개를 숙인 채 말했다.

"팔 내려요."

스스슥.

천천히, 눈치를 보아 가며 손을 내리는 택중은 금방이라도 호통이 들려오면 다시금 손을 쳐들 기세였다.

그런 그가 몹시 우스웠던지 여인들이 피식 웃고 말았다.

그러다가 은설란이 자리에서 일어서며 말했다.

"속 아파요."

"저두요."

"저도……."

덩달아 택중도 덧붙였다.

"나, 나도……."

획!

싸늘한 여섯 개의 눈동자가 그를 쏘아보자, 택중이 고개
를 푹 숙이고 말았다.

그때 은설란이 또다시 한숨을 내쉬었다.

"저기요, 그거 좀 끓여 줘요."

"예?"

"라면."

"……옛!"

후다닥.

택중이 팬티 바람으로 서두르기 시작했다.

그러다 말고 또 묻는다.

"순한 맛? 매운 맛?"

"음…… 매운 맛."

"OK!"

"오, 오케이?"

"알았다고요!"

부르 스타를 꺼내 오고, 냄비에 물을 받고, 라면 봉다리
를 뜯는 걸 진수화와 옥란이 희한하다는 듯 바라보았다.

지글지글.

잠시 후, 라면이 끓자 택중이 스프를 뜯어 넣었다.

얼마 뒤 그가 말했다.

"다 됐어요."

말이 떨어지기 무섭게 은설란이 익숙한 솜씨로 젓가락을 놀리기 시작했다.

면발을 건져 그릇에 한가득 퍼 넣더니, 그때부터 폭풍 흡입을 시작한 것이다.

이에 질세라 택중이 재빠르게 덤벼들었다.

그 모습을 바라보던 진수화와 옥란이 고개를 갸웃했다.

'저걸…… 저렇게 맛있게 먹는다고?'

물에 국수를 넣고, 이상한 양념을 뿌리더니…….

'빈곤한 인생들 같으니라고!'

진수화가 고개를 내저으며 마지못해 젓가락을 들었다.

그리고 라면 한 젓가락을 떠서 그대로 입안에 넣었다.

"……!"

옥란 역시 마찬가지 반응.

"……!"

두 사람은 이제 미친 듯이 면발을 건져 먹고 있었다.

"후르르르르릅!"

"크헙, 꿀꺽꿀꺽!"

국물까지 모조리 해치운 뒤에야, 모두는 뒤로 물러났다.

그제야 진수화가 눈을 반짝이며 물었다.

"이게 뭐죠?"

대답은 은설란에게서 들려왔다.

"라면이죠."

"……?"

"아, 라면 몰라요, 라면?"

＊　　　　＊　　　　＊

발단은 역시 술 때문이다.

어젯밤 일은 그나마 정신이 있던 은설란이 모두를 엎고, 끌고, 하며 집으로 데려오면서 시작되었다 치고…….

지금의 일은 어젯밤 마신 그 폭주 때문에 벌어진 게 맞다.

"아이참, 피부가 푸석푸석해."

진수화의 한마디가 진정한 원인이긴 했지만.

옥란이 대꾸한 것도 한몫 거들었다.

"저도요. 그래도 부위장님……. 아가씬 워낙 피부가 좋으시잖아요."

"무슨 소리! 자세히 좀 보라구! 이 메마른 얼굴을! 하아…… 내가 어제 무슨 짓을 한 거야!"

진수화와 옥란이 한숨을 내쉬고 있을 때였다.

"이거…….."

택중이 엄지손가락만 한 병 하나를 내미는 게 아닌가.

투명한 재질의 병 안에 찰랑거리며 들어 있는 액체는 난생처음 보는 것이었다.

묻지 않을 수 없었다.

"이게 뭔데요?"

택중이 기어 들어가는 목소리로 말했다.

"에센스인데요."

"에…… 센스?"

이상한 글자가 잔뜩 새겨져 있는 병을 눈앞으로 들어 올려다보던 진수화가 우악스럽게 뚜껑을 잡아당겼다.

하지만, 열리질 않았다.

막 신경질을 내려는 찰나였다.

"잠깐, 줘 보세요."

택중이 빼앗듯 가져가더니 뚜껑을 돌려서 여는 게 아닌가.

역시나 난생처음 보는 광경이었다.

진수화가 막 눈을 빛내고 있는데, 택중이 에센스를 내밀며 말했다.

"자, 이제 바르세요."

"발…… 라요?"

"이렇게요."

손바닥에 에센스를 조금 따라서 양 볼부터 이마, 턱에 이

르기까지 톡톡 거리며 바르는 모양새가 우습기도 하련
만…… 누구 하나 웃지 않았다.

화악~

푸석푸석하던 택중의 피부가 촉촉해지는 걸 눈으로 확인
한 세 여인이 경악한 눈을 해 보였다.

"……!"

"헐~!"

"말도 안 돼!"

그런 그들에게 택중이 웃으며 병을 건넸다.

세 사람은 서둘러 에센스를 바르기 시작했다.

톡톡톡.

민망한지 각자 등을 돌리고 앉아 에센스를 바르고 있을
때였다.

스윽.

택중이 뭔가를 내미는데, 은설란 등이 바라보니 그것
은…….

"이게 뭔가요?"

은설란이 대표로 물었지만, 궁금한 것은 나머지도 마찬
가지였다.

"거울이잖아요."

"거울?"

"몰라요? 얼굴 비추는 거."

"아, 은경이요?"

"뭐, 하여튼…… 자요."

던지듯 그녀에게 손거울을 건네 준 택중이 돌아섰다.

그사이 그녀들은 손거울을 먼저 보겠노라고 실랑이를 했다.

그리고 잠시 뒤, 탄성이 터져 나왔다.

등 뒤로 그 소리를 들으며 피식 웃은 택중이 생각했다.

'흐흐흐! 가지고 오길 잘했지! 좋아, 고택중! 무조건 팔아 치우는 거야!'

좋다 이거야!

니들이 날 등쳐 먹을 셈이라면, 나 역시 똑같이 해 주지!

'도둑 잡는 건 잡는 거고, 팔 만한 건 모조리 팔아 주지!'

일단 어제 일로 비추어 보았을 때 저들의 혐의를 밝혀내는 건 쉽지 않다는 게 그의 판단이었다.

그렇다면 조금 달리 접근할 필요가 있을 터였다.

천천히, 조금씩 다가가는 것이다.

그 와중에 깡그리 팔아 치우리라.

아주 땡빚을 내더라도 사지 않고는 못 배길 물건들을 보여 주지!

다짐에 다짐을 하는 택중이었다.

"자, 이제 이걸 한 번 보시죠."

어느새 다가온 그가 방바닥에 화장품을 늘어놓았다.

"……!"

"……!"

"……!"

세 여인의 눈이 휘둥그레졌다.

반투명한 갈색 병에 담긴 액체들이 그녀들을 빨아 당기고 있었던 것이다.

마치 영혼이라도 삼켜 버릴 기세로.

그것들은…….

나이트 에센스, 아이 젤, 파운데이션, 자외선 차단제, 그리고 비비 크림이었다.

"이것이 무어냐? 흐흐흐, 나이트 에센스! 바로 전에 발랐던 에센스와는 차원이 다른 제품이죠! 피부가 건조하시다구요? 온종일 잤는데도 푸석푸석하시다고요? 그럼 이걸 써 보세요! 자기 전 한 방울! 그러곤 쓱쓱 가볍게 문지른 뒤 주무세요. 그럼 다음 날 아침 놀라운 경험을 하시게 될 겁니다. 으하하하하! 완전 아기 피부로 돌아온 자신을 보게 되실 거니까요! 그럼 눈가에 주름은 어떻게 하냐고요?"

'흐흐, 나 완전 방언 터졌나 봐!'

그야말로 신들린 말빨이었다.

신명이 난 택중은 집게손가락을 세워 살살 흔들면서 웃었다.

"아무— 걱정 하지 마세요! 아이 젤이 있으니까요! 기존의 아이 크림과는 그 격이 다릅니다. 딱 한 번만 써 보아도 아이 젤의 탁월한 성능에 놀라시게 될 겁니다. 그러고 나서도 없어지지 않는 잡티와 점들을 숨기고 싶으시다면 여기 파운데이션이 있습니다! 아, 한낮의 강렬한 태양빛에 살갗이 타고, 주근깨가 올라오신다구요? 그때는 여기 이 자외선 차단제를 써 보세요! UVA와 UAB를 동시에 차단하는 기가 막힌 제품입니다! 하하하하! 거기에 비비 크림 하나면, 외출 준비 끝! 와아! 이 모든 게 합쳐서 얼마라구요? 그렇습니다! 단돈 천 냥! 아주 거저 아닙니까?"

"꿀꺽!"

"꿀꺽!"

"꿀꺽!"

말만 들어도 절로 침이 넘어가는 성능에 세 여인은 어느새 전낭을 풀고 있었다.

바로 그때였다.

끼익.

현관문이 열리며 모습을 드러낸 자는, 바로 갈천성이었다.

"어? 영감님 오셨어요?"

택중이 웃음 뒤에 의심스러운 눈빛을 숨겼다.

은설란과 마찬가지로 갈천성 또한 아직은 완전히 혐의가

풀렸다곤 할 수 없었던 것이다.

그의 속내를 아는지 모르는지, 갈천성이 조심스레 물었다.

"자네…… 혹시 그것 또 있나?"

"예? 무슨 말씀이신지?"

"박과수 말일세!"

"아! 박과수요?"

"그렇지. 그거 말일세."

망설이던 택중이 막 고개를 내저으려던 찰나였다.

스윽.

문 뒤에서 한 사람이 모습을 드러내며 말했다.

"있다면 구경 좀 하세나."

낯익은 사내의 등장에 은설란이 놀라 벌떡 일어났다.

그러곤 소리쳤다.

"려, 련주님!"

*   *   *

방 안에 중년의 두 사람이 서로를 마주 보고 앉아 있었다.

둘 다 학사모를 쓰고 있는 것이 글줄 꽤나 읽은 모양이었다.

"아직도 해독하지 못한 것인가?"

"예. 생각보다 난해해서 말입니다."

"허허! 맹주님께서 크나큰 기대를 하고 계시네. 빠른 시일 안에 해내야만 한단 말일세."

은형 일호인 추풍객 공달이 책자를 전해 온 지 벌써 이틀이 지난 후였다.

암호처럼 보이는 것들이 워낙 간단해 보여 처음에는 얼마 걸리지 않을 거라 믿었던 그들이었지만, 생각보다 오래 걸리고 있었던 것이다.

"알고 있습니다. 맹주님을 도와 혼란한 무림에 진정한 협의의 기치를 세우는 것이 우리 현죽림의 존재 이유기도 하니까요."

"그렇다네. 절대로 잊지 말아야 할 걸세."

"조금만 더 기다려 주십시오. 림사들이 밤을 새워 가며 매달리고 있으니 며칠 후면 좋은 결과가 있을 겁니다. 벌써 대강의 원리는 파악했다고 하니까요."

"오호! 그래? 흐음, 그 원리가 뭐라고 하던가?"

"참으로 놀라운 것이……. 새로운 문자인 것 같다고 하더군요."

"헛! 암호가 아니라, 문자라?"

"예. 그것도 무척 체계적인 원리라 하옵니다."

"체계적?"

"하늘, 땅, 사람을 기본으로 하고 입 모양과 혀 모양을 본떠 만들어진 듯합니다. 한데 그 글자 수가 겨우 쉰 개가 넘지 않습니다."

"허! 그럴 수가! 참으로 놀라운 일이로세. 겨우 그걸로 문장을 만들어 낼 수 있단 건가?"

"그러게 말입니다. 하여간 조만간 좋은 소식을 가지고 오겠습니다!"

"좋네. 내 믿고 있음세."

드륵, 텅!

문이 열리고 닫힌 뒤, 홀로 남게 된 현죽림의 림주는 강렬한 눈빛을 해 보이며 중얼거렸다.

"절대무쌍이라……. 희대의 비급이라 들었는데……. 과연 어떤 결과가 나올는지."

한편 걱정되는 그였다.

'혹여 이번 일이 무림에 한차례 큰 파장을 가져오지나 않을는지…….'

*   *   *

'련주라고?'

택중의 눈이 가늘어졌다.

한순간 분위기를 읽은 그가 맑게 웃으며 소리쳤다.

"처음 뵙겠습니다!"

"허허허! 참으로 반갑게 맞는구먼."

흑사련주이 말하자, 택중이 다시 한 번 방긋 웃었다.

그러곤 흑사련주와 갈천성을 안쪽으로 안내했다.

그를 따라 안으로 들어가던 흑사련주가 돌연 걸음을 멈추었다.

그러더니 은설란을 향해 말했다.

"오랜만에 만나서 그런 것이냐?"

"……?"

"내 그렇게 일렀거늘. 숙부라 불러도 되지 않겠더냐?"

"그야……."

말꼬리를 흐리며 은설란은 조심스럽게 고개를 돌리고 있었다.

그런 그녀를 한없이 커진 눈으로 택중이 바라보았다.

'수, 숙부?'

듣기로 흑사련주의 이름이 적무강이라고 하던데…….

'그럼 두 사람의 성이 다르잖아?'

그런데도 숙부라고 부른다면…….

'그녀의 아버지와 련주가 의형제인 건가?'

택중이 의아해하고 있을 때 흑사련주가 살며시 고개를 내젓고는 다시 돌아섰다.

그러자 갈천성이 은설란을 향해 고개를 끄덕여 보였다.

"전 이만 가 볼게요."

"아, 저희도 가 봐야겠네요."

진수화 역시 은설란을 따라 몸을 일으키자, 그들을 향해 택중이 말했다.

"아, 살펴들 가세요!"

해맑게 웃는 그와 달리, 진수화는 그다지 표정이 밝지 못했다.

'이게 뭐야! 와서 임무는 고사하고, 이상한 물건들만 한 보따리 샀잖아!'

그렇다고 불만만 있는 것은 아니었다.

빨리 가서 화장품을 발라 보고 싶은 게 그녀의 솔직한 심정이었던 것이다.

역시…….

그녀는 여인이었다.

눈빛이 희열로 가득했던 것이다.

그들이 나가고 난 뒤, 갈천성이 조심스레 물었다.

"그래, 박과수 말인데…….."

말이 끝나기도 전에 택중이 대꾸했다.

"아! 죄송해서 어쩌죠?"

"응? 설마 없다는 얘기인가?"

"그건 아닌데요…….."

말끝을 흐리던 택중이 결심이 섰는지 단호하게 말했다.

"있긴 있는데, 파는 게 아니라서요."

갈천성으론 뜻밖이었다.

돈만 주면 무조건 살 수 있을 것이라 여기고 왔던 까닭이다.

그가 말했다.

"그러지 말고, 팔게나."

"죄송해요. 저도 꼭 필요해서 말이죠."

"허허! 내 얼굴을 봐서라도⋯⋯."

갈천성이 흑사련주 쪽을 자꾸만 힐끔거리며 말하고 있었다.

대략 어떤 상황인지는 알 만했다.

그럼에도 택중은 선뜻 팔겠다는 얘기를 할 순 없었다.

그럴 수밖에.

당장에 믿을 건 B카스밖에 없는데, 목숨이 왔다 갔다 하는 판국에 함부로 팔 수도 없었기 때문이다.

그때였다.

"뭔가 사정이 있는 모양이군."

흑사련주가 끼어들었다.

"굳이 팔지 않겠다면, 이쪽에서도 강요하진 않겠네. 다만⋯⋯."

"⋯⋯?"

"숨길 요량이 아니라면, 그 사정이란 걸 들어 볼 수 없겠나?"

잠시 망설이던 택중이 조심스럽게 대답했다.

"그렇게까지 말씀하시니, 몇 병은 드리도록 하죠."

"……!"

"……!"

전과는 달리 택중이 워낙 단호하게 나오는 터라 이미 포기하고 있던 차에 주겠다고 하니 놀라고 마는 두 사람이었다.

더욱이 파는 것도 아니고 준다고 하니 더더욱 놀랄 수밖에 없었다.

한데 택중의 얘기는 모두 끝난 것이 아니었다.

"대신……."

"……?"

"무공 좀 가르쳐 줄 수 있나요?"

"……무공?"

갈천성이 의아해져서 되묻고 있었다.

그러자 택중이 한 손으로 머리를 긁적이며 얘기했다.

"아무래도 좀, 그래야 할 것 같아서요."

가만히 그를 바라보던 갈천성. 그는 대략 알 것 같았다.

그때 흑사련주가 전음을 날려 왔다.

―이 갑자가 넘는 고수라고 하지 않았었나?

―맞습니다.

―한데, 무슨 무공을 가르쳐 달라는 거지?

―그게…….

잠시 뜸을 들이던 갈천성이 간단히 자신의 생각을 말했다.

―아무래도 금제로 인해 무공을 완전히 기억해 내지 못하고 있는 거 같습니다.

―하면, 우리 쪽 무공을 익힘으로서 자신의 무공을 기억해 내려는 의도란 말인가?

―그렇다고 보여집니다.

―흠, 과연.

잠시 택중을 바라보던 흑사련주가 고개를 주억거렸다.

그러곤 말했다.

"그렇게 하세. 적당한 자를 물색해 보내 주도록 하겠네."

                    *   *   *

흑사련주와 갈천성이 B카스 다섯 병을 무슨 신주단지 모시듯 가지고 돌아간 뒤, 택중은 거리로 나갔다.

대로를 따라 걷다가 골목 안으로 들어간 그는 이내 자신이 원하던 가게를 찾아내고는 눈을 빛냈다.

"저기요."

그가 주인장을 부르자, 뚱뚱한 사내 하나가 돌아보았다.

택중이 입고 있는 옷 때문이리라.

눈을 가늘게 뜬 채 택중을 바라보던 주인장이 물었다.

"무엇이 필요한데 그러쇼?"

"옷이랑 그밖에 몇 가지가 필요해서요."

"들어오쇼."

택중이 찾은 곳은 비단 옷가게였다.

본격적으로 무공을 익히기에 앞서서 옷부터 바꿔 입을 심산이었던 것이다.

아무래도 무공을 익히기에는 지금 입고 있는 청바지며 티셔츠가 적당하지 않다고 여긴 터였다.

또한 한 가지 이유가 더 있었는데…….

안으로 들어간 그는 가볍게 입을 수 있는 옷 몇 벌과 함께 몇 가지 물품을 요구했다.

그중 가장 특이한 것은 바로…… 복대였다.

"거참, 특이하기도 하시지. 복대를 찾는 분들이 가끔 있기는 하지만 이렇게 많이 사 가시는 분은 또 처음이구려."

아닌 게 아니라, 태중이 집어든 복대들은 각양각색의 모양을 하고 있었다.

어떤 것은 허리에 차는 것, 또 어떤 것은 가슴에 차는 것, 심지어는 다리에 차는 것도 있었다.

이것저것 많이 사선지, 지급할 액수는 상당했다.

하지만 무슨 상관이람.

'현대에 비하면 아주 껌값이지.'

실제로 그렇다는 게 아니라, 그가 현대에서 가져온 물건들을 팔아 치우며 버는 돈이 그만큼 많은 덕택이었다.

"아이고, 감사합니다."

주인장의 자세는 아주 백팔십도로 달라져 있었다.

처음에 삐딱하게 그를 대하던 것이 이제는 아예 왕을 대하듯 하고 있었던 것이다.

'쳇! 장사치들이란……!'

자신도 장사를 업으로 삼고 있지만, 이럴 때는 진짜 오만정이 떨어지는 것 같았다.

택중이 고개를 내젓고 있는데, 주인장이 뭔가를 내밀었다.

"응? 이게 뭔데요?"

"흐흐흐. 빗입지요."

"빗이요?"

"예. 이래 봬도 꽤 고가의 물건입니다. 보십쇼. 이렇게 접었다 폈다 할 수 있으니, 가지고 다니기 좋지 않겠습니까? 게다가 문양을 새긴 곳에 은을 녹여 붙여서 상당히 고풍스러운 외관을 지녔습죠. 손님처럼 대단한 분들께서 사용하시기엔 좋을 겁니다요."

이를 테면 서비스라 이건가?

택중은 고개를 끄덕하고는 빗을 받아서 품 안에 갈무리

했다.

그러곤 밖으로 나왔다.

택중이 집으로 돌아온 후, 맨 처음 한 일은 바로 복대를 차고 새로 산 옷으로 갈아 있는 것이었다.

물론 복대 안에는 세 여인, 은설란과 진수화 그리고 옥란에게 받은 돈들이 들어 있었다.

'이제부터 잔돈은 몸에 지니고 있어야지!'

그가 내린 결론이었다.

큰돈, 즉, 황금은 금고를 완비한 뒤에 받으면 될 테니 적은 돈들만 잘 관리하면 만사 오케이다.

택중이 의미심장한 미소를 지으며 집으로 돌아온 뒤, 그는 부엌으로 갔다.

발전기를 설치할 생각이었는데, 그곳에 배전반이 있었기 때문이다.

이미 그곳에 옮겨 놓았던 발전기에서 전선 세 개를 뽑아낸 뒤 두 개는 배전반에 물리고, 나머지 하나는 누전을 방비하기 위해 배전반 근방의 금속 돌기에 연결했다.

부르르릉!

발전기에 시동을 걸자, 힘차게 돌아가기 시작했다.

딸깍.

방 벽에 붙어 있는 스위치를 켜자, 전등이 들어온다.

"캬! 환하기도 하지!"

안방에 매달아 놓은 에어컨에도 전원을 넣자, 금세 시원한 바람이 나오기 시작했다.

하지만 금방 끄고 마는 그였다.

발전기로 돌리는 것만으로는 전력이 부족할 터였기 때문이다.

그래서 준비한 것이 바로 선풍기.

그는 선풍기를 콘센트에 꽂고는 바람을 일으켰다.

"히히히! 시원~ 하다!"

웃통을 까고 앉아서 여유롭게 바람을 맞고 있던 그는 졸린지 눈을 비볐다.

택중은 누우면서 생각했다.

'대강 전기 설비는 끝냈고, 가스 쪽은 돌아가게 되면 바로 설비 아저씨를 불러야겠다. 그나저나 언제쯤 돌아가게 될는지……?'

돌아가게 되면 우선 박 대령과 연락을 해 보고 난 후 여동생을 찾아가 만날 생각이었다.

그전에 황금을 가져갈 방도를 마련해야 한다.

이번에야말로 성공해서 반드시 부자가 되어야 하는 것이다.

그래야만 여동생도 데려올 수 있을 테니까.

택중이 눈을 빛냈다.

                    *   *   *

　다음 날 이른 아침부터 택중의 다락방에선 쿵쾅거리는
소리가 들려오기 시작했다.

　그렇게 요란스러운 소리가 이어지는 가운데 점심 무렵이
다가오고 있었다.

　그리고 해가 중천에 이르렀을 때 마침내 택중이 다락방
에서 내려왔다.

　"수고들 하셨어요."

　"아이고, 무슨 말씀을요."

　"다음에도 일이 있으면 언제든 불러 주십시오."

　함께 일하려고 불러 온 대장간의 철공들과 인사를 나눈
뒤에야 돌아섰을 때였다.

　은설란이 와 있었다.

　그녀가 말했다.

　"어디 있는지 한참 찾았네요."

　"예? 어째서요?"

　"그야⋯⋯."

　"⋯⋯?"

　"무공 가르쳐 달라고 했다면서요?"

　"⋯⋯그럼?"

　택중의 질문에 은설란이 맑게 웃었다.

"예. 제가 고 공자에게 무공을 가르치기로 했어요."

"……!"

"앞으로 잘 부탁드려요."

"저, 저야말로……."

어색하게 고개를 숙여 보이는 택중. 그런 뒤 은설란을 따라나서며 그는 뒤돌아 다락방을 힐끔거렸다.

'저 정도 했으면 어지간해선 뚫고 들어오기 어렵겠지! 흐흐흐. 이제 저곳을 금으로 가득 채워서 집으로 돌아가는 일만 남았나?'

다락방으로 통하는 창문도 두꺼운 나무판자를 몇 겹이나 겹쳐서 막고, 지붕과 바닥도 원래보다 몇 배는 강화했다.

그리고 그 위로는 무치에게 부탁해서 대장간에서 구해 온 철판으로 둘렀다.

이제 다락방 내부는 온통 쇠로 뒤덮여 있었다.

뿐만 아니었다.

그것만으로도 부족하다 여기곤 트럭의 짐칸에 있는 공구용 스테인리스 박스를 옮겨다 놓았다.

황금 궤짝의 세 배는 족히 되는 놈이니 부족하진 않을 터였다.

당연히 자물쇠는 수도 없이 달아 두었다.

입구라 할 수 있는 문짝은 아예 철로 만든 걸로 바꿔 버렸다.

이래저래 적잖은 돈이 들었지만 상관없었다.

가져갈 황금에 비하면 푼돈에 불과하니까.

그렇게 개조를 끝낸 다락방은 그야말로 하나의 금고가
되어 있었다.

만족한 얼굴이 된 택중이 입가에 미소를 베어 물었다.

제16장
수련

하루아침에 고수가 될 수는 없다.

그러나 고수인 자가 무공을 되찾는 일은 조금 다르다.

무공의 근간이 되는 이치만 깨달으면 금세 예전에 이루었던 화후를 되찾는 건 그다지 어렵지 않을 터다.

이렇게 생각한 은설란이었다.

그러나 그 생각이 틀렸다는 걸 인정하는 데엔 그다지 오랜 시간이 걸리지 않았다.

"거기기선 변초로 나아가야 한다니까요."

살짝 높아진 음성으로 말하는 그녀를 택중이 눈을 깜빡이며 쳐다보았다.

"이, 이렇게요?"

"하아! 그게 아니라……."

한숨을 쉬다가 그녀가 어깨를 늘어뜨렸다.

"잠시 쉬었다가 하죠."

검을 검집에 꽂으며 뒤로 물러나는 그녀였다.

택중 역시 목검을 허리춤에 매달곤 그녀를 뒤따랐다.

앞마당에 세워 놓은 트럭에 몸을 기댄 채 햇볕을 피하고 있자니, 택중은 궁금해졌다.

"저, 설란 씨는 언제부터 무공을 익히기 시작했어요?"

"글쎄요."

"아니, 자기 일인데 기억을 못해요?"

"언제부터라고 하기도 뭐해서요."

"……?"

"어린 시절의 기억 속에 검을 손에서 놓고 있던 때를 찾는 게 더 어려울 거 같네요."

"와! 그 정도예요?"

은설란이 옅은 미소를 지어 보였다.

한데 그 미소가 그다지 즐거워 보이지 않았다.

어딘지 모르게 서글픈 느낌마저 들고 있었던 것이다.

그러다보니 택중은 더 이상 물을 엄두가 나지 않았다.

결국 그는 다른 화제를 꺼내고 말았다.

"지금 배우고 있는 검초는 중급이에요, 아니면…… 상급?"

그런 그를 은설란이 어이없다는 듯 쳐다보았다.

그런데도 택중이 '응? 응?' 하는 눈빛으로 쳐다보자, 그녀는 또다시 한숨을 내쉬며 대답했다.

"하급이에요. 아니, 초급이랄까……. 여튼, 갈 길이 멀다구요."

"초, 초급이요?"

택중은 황당한 기분이 들었다.

그러곤 곧바로 맥이 빠지고 말았다.

지금도 이렇게 힘든데, 이게 겨우 초급이라고?

얼마나 힘든지 부들거리는 팔을 내려다보던 택중의 귓가로 은설란의 차가운 음성이 날아들었다.

"아무래도 안 되겠어요."

"……예?"

"이제부턴 그냥 고 공자를 초입자라고 생각하고 가르쳐야겠어요."

"그 얘긴……."

당황해서 쳐다보는 택중의 눈가에 묘한 미소를 머금은 은설란이 비쳤다.

꿀꺽.

저도 모르게 침을 삼키고 만 택중. 그에게 은설란이 아무렇지도 않다는 듯 말했다.

"달리기부터 하죠."

"......!"

그렇게 택중의 수련이 본격적으로 시작되고 있었다.

*   *   *

"헉헉헉!"

도착하기 무섭게 바닥에 주저앉은 택중이 가쁜 숨을 몰아쉬었다.

그와는 달리 은설란은 조금도 힘들지 않은 눈치였다.

한참 동안 거칠게 호흡하던 택중이 고개를 쳐들고 물었다.

"아니, 힘들지도 않아요?"

"전혀요."

'전혀라구?'

택중은 눈앞이 깜깜해지고 말았다.

잠실 운동장의 열 배는 족히 넘을 만큼 넓은 흑사련을 겨우 한 시진 만에 달리고 온 길이었다.

그런데도 힘들지 않다고?

'생긴 건 야리야리하게 생겨 가지고, 완전 괴물이잖아!'

사실 무공을 익힌 자들, 특히 일류에 이르는 무인들은 대개가 그녀와 같았지만, 이를 알 길이 없는 택중으로선 의아하지 않을 수 없었던 것이다.

또한 앞으로 그가 상대해야 할 자들이 모두 그 이상이란 걸 감안하면 얼마나 험난한 길이 그의 앞에 펼쳐져 있는지 알 수 없을 터였다.

"자, 이제 일어나요."

그녀의 얘기에 택중이 잠시 엄살이라도 부려 볼까 생각했지만, 이내 고개를 내젓고 말았다.

'한다! 돈이 드는 것도 아니고, 몸만 굴리면 되는 일인데 못할 게 뭐 있나! 내 반드시 고수가 되고 만다!'

이를 갈며 벌떡 일어난…… 아니, 그러려고 했지만, 다리가 부들거려서 쉬이 일어나기 어려웠다.

바들바들.

일어난 뒤에도 그는 다리를 떨면서 간신히 서 있을 뿐이었다.

그런 그에게 은설란이 외쳤다.

"상단세!"

스윽.

힘겹게 목검을 쳐들어 검끝을 하늘로 향했다.

그와 동시에 은설란이 검을 휘둘러왔다.

이번에는 그녀 역시 목검이었다.

"첩인지로!"

"이얍!"

"경세천하!"

"이…… 얍!"

두 사람이 검을 섞으며 한참 동안 수련에 매진하고 있을 때였다.

서걱!

은설란의 목검이 날아들었을 때, 택중이 바닥에 미끄러지며 그만 목을 다치고 말았다.

그녀의 검끝이 스치듯 택중의 왼쪽 목을 베어 버렸던 것이다.

아무리 목검이라지만, 힘과 속도가 더해져 있었기에 상처가 난 것이었다.

주르륵.

피가 흐르는 모습에 은설란이 기겁해서 소리쳤다.

"괘, 괜찮아요?"

하지만 택중에게선 아무런 대답도 들려오지 않았다.

'피……! 피가 난다구?'

택중은 지금 충격을 받은 상태였기 때문이다.

'하면, B카스의 효력이 떨어졌다는 얘기?'

바닥에 주저앉은 채 시간을 계산하기 시작하는 그였다.

'어제 영감님이 왔을 때 마셨으니까……. 헛! 그, 그렇구나!'

갈천성이 왔을 때가 딱 사흘 전 이맘때였다.

그렇다면 삼 일간 효력이 이어진다고 생각해야겠지

만…….

하지만 어제 혹시 몰라 한 병 더 마셨으니…….

'하루!'

B카스의 효력이 지속되는 시간은 하루에 불과한 것이다.

'아! 생각보다 짧구나!'

택중은 몹시 안타깝게 생각하고 있었지만, 사실 내공 수
련을 손톱만큼 하지 않은 사람이 겨우 음료수 한 병 마시고
하루 동안이나 내공을 지닐 수 있게 된다는 것은 한마디로
기연이랄 수 있었다.

그럼에도 택중이 이처럼 생각한 데엔 다 이유가 있었다.

무공을 익히는 일이 생각보다 쉽지 않다는 게 그 이유였
다.

'어쩌지? 이대로라면 더 빨리 B카스가 소진될 거 같은
데?'

이제 남은 B카스의 양은 백구십이 병.

다시 말해 그가 무공 없이 견뎌 낼 수 있는 시간은 백구
십이 일 남은 셈이었다.

물론 그전에 현대로 돌아갈 수 있다면 좋겠지만, 만일에
하나라도 그렇게 되지 않는다면…….

정말이지 눈앞이 캄캄해지는 기분이 된 택중이 자리를
박차고 일어났다.

그러곤 크게 소리쳤다.

"상단세!!!"

　"첩인지로!!!"

　"겨영세에에에 천! 하!"

　부웅! 부우우우웅!

　갑자기 벌떡 일어나더니, 무섭게 목검을 휘두르는 택중을 은설란이 만족한다는 얼굴로 쳐다보고 있었다.

　　　　　　*　　　　　*　　　　　*

　은설란이 물었다.

　"구결은 다 외웠어요?"

　"일단은."

　"그럼, 이제부터 잘 들으세요."

　택중이 고개를 끄덕이자, 그녀가 천천히 얘기하기 시작했다.

　"폐인대묘, 위진궁(肺寅大卯, 胃辰宮)하면 비사심오, 소미중(脾巳心午, 少未中)인데, 이때 인(寅)과 사(巳)는 팔괘 중 건(乾)과 손(巽)의 자리를 떠나 묘(卯)와 오(午)의 태(兌)와 감(坎)의 자리로 들어간다는 뜻이며, 결국 이는 선천은 아래로 만물의 형체를 열고 후천은 아래로 만물의 작용을 이룬다[先天下而開其物, 後天下而成其務]는 뜻이에요. 그러니까……."

무리(武理)를 풀어 설명하는 은설란을 택중이 바라보면서 어떻게 해서든지 이해하려고 노력하고 있었다.

하지만 현대에서 살다 온 그로서는 팔괘와 오행, 그리고 기경팔맥에 기초한 무공의 이치를 모두 납득하기란 너무도 어려웠다.

그럼에도 어떻게든 살아남겠다는 의지로 애를 쓴 탓인지, 열에 일곱은 이해하는 기적을 이루고 있었다.

"그럼 뇌(雷)의 기운은 결국 운(雲)의 기운이 먼저 형성되지 않으면 나올 수가 없다는 거네요?"

한참 동안 듣고만 있던 택중이 되묻자, 은설란이 기분 좋게 미소 지었다.

그러곤 부연 설명해 주었다.

"맞아요. 그래서 운기(雲氣)를 일으킬 때는 되도록 상대방과 부딪히는 걸 피해야 해요. 물론 어느 정도 경지에 이르게 되면 그 순간조차 길어야 한 호흡에 불과하니 상관없지만, 그전에는 이때가 가장 위험한 때라고 할 수 있죠."

"그리고 뇌기(雷氣)가 극에 이르면 중첩, 혹은 삼 첩도 가능하다는 얘기죠?"

은설란이 고개를 끄덕였다.

"그렇죠. 사실 뇌격검은 한때 칠첩뇌운검이라고도 불렸던 때가 있어요."

물론 전설에 불과하지만, 분명한 사실이었다.

이를 알 길이 없는 택중이 놀라서 되물었다.

"치, 칠첩이요?"

생각만으로도 황홀했는지 택중이 묘한 눈빛을 해 보였다.

'겨우 한 번 검을 휘둘러 일곱 개의 뇌전을 일으킬 수 있다니!'

갑자기 가슴속에서 이상한 열기가 피어오르는 택중이었다.

그런 그에게 은설란이 가볍게 웃으며 얘기했다.

"분명 고 공자라면 언젠가 그리 될 수 있을 거예요. 하지만, 지금은 우선 뇌전 한 개라도 일으킬 수 있게 노력해야겠죠."

"예!!"

기합이 잔뜩 들어간 목소리로 대답한 택중이 힘차게 몸을 일으켰다.

그러곤 소리쳤다.

"빨리 나가죠!"

서둘러 밖으로 뛰쳐나가는 택중을 은설란이 기꺼운 눈으로 쳐다보았다.

그러곤 지난 십여 일을 돌이켜 보았다.

처음 무공을 가르칠 때만 해도 그녀는 솔직히 회의감이 들지 않을 수 없었다.

듣기론 절정을 넘어 초절정을 넘보는 고수였다고 하더니,

막상 검을 섞고 보니 초급자라고 하기에도 뭐했던 것이다.

게다가 무재가 있기는커녕, 그저 그런 범재에 불과했다.

하나를 가르치면 겨우 하나를 깨치는 평범한 자질을 지녔던 것이다.

한데, 실망하지 않고 가르치다 보니 그녀는 놀라지 않을 수 없었다.

'운명을 뛰어넘고 있다!'

범재에 불과한 게 틀림없는데, 이상하게도 그는 열에 일곱을 터득하고 있었다.

그것이 다 '목숨'을 걸고 죽도록 수련하는데다가, B카스의 힘을 빌린 것임을 그녀로서는 알지 못했다.

어쨌든 지금은 무공 이론에 있어서만큼은 어느 정도 틀을 갖추게 되었을뿐더러, 검법뿐만 아니라 기초적인 체공과 더불어 보법과 신법까지 익히는 중이었다.

다만 내공심법만은 일절 가르치지 않았다.

물론 내공의 운용법은 이론적인 차원에서 가르치고 있었지만, 내공의 축기법만은 손대지 않고 있었던 것이다.

이유는 간단했다.

그가 예전에 어떠한 무공을 익혔는지 정확히 알지 못하는 상황에서 상반된 기운의 심법을 가르친다면 자칫 사달이 일어날까 두려웠던 것이다.

그나마 다행인 것은 양기의 으뜸이랄 수 있는 뇌기를 다

루는 뇌격검이 택중에게 맞았는지, 시간이 갈수록 조금씩 진척되는 느낌이 들었던 것이다.

하나, 이는 그녀가 택중을 잘 알지 못하기에 생긴 일이었다.

사실 택중이 예전에 무공을 익혔다고 알고 있는 건 어디까지나 오해에서 생긴 일이기에, 그에게 이렇다 할 내공 따위가 있을 리 만무했다.

따라서 뇌공 아니라 음기의 극한이라 할 수 있는 빙공을 가르쳤어도 아무 탈이 없었을 터였다.

어찌 되었든 시간은 흘러 점차 강해져 가는 택중이었다.

"빨리 나와요! 어서요!"

문밖에서 택중이 외치는 소리를 들으며 은설란이 힘차게 바닥을 차올렸다.

*   *   *

시간은 쉴 새 없이 흘러간다.

무공을 수련하기 시작한 지 한 달여가 지났을 때, 갈천성이 황금을 보내 왔다.

입이 찢어져라 웃으며 황금을 받은 택중은 이때만큼은 탁일상에게조차 미소를 지어 보이며 인계 서류에 싸인을 해 주었다.

그리고 모두가 돌아간 뒤, 힘겹게 황금 궤짝을 다락방으로 올린 그는 황금빛 꿈을 꾸면서 잠자리에 들 수 있었다.

'흐흐흐. 이제 돌아가기만 하면…….'

생각만으로도 흐뭇해진 택중이 눈을 감았다.

그리고 밤이 지나고, 다시 아침.

그날따라 알람이 터지기 전에 눈을 뜬 택중이었다.

"아함! 잘 잤네."

운동을 한 탓인지, 근래 들어 몸이 부쩍 가뿐해진 택중은 정말이지 기분 좋게 자리에서 일어났다.

한차례 크게 기지개를 켜며 일어선 그가 창문으로 다가가 문을 활짝 열었다.

그러곤 빙그레 웃었다.

아주 만족한 듯한 웃음이었다.

창밖의 풍경이 어제와 완전히 달라져 있기 때문이었다.

'슬슬 움직여 볼까?'

      *   *   *

테헤란로 한복판에 한 사내가 서 있었다.

그는 이십 층짜리 건물 한 채를 올려다보며 흐뭇하기 그지없는 표정을 감추지 못했다.

택중이었다.

"킥!"

뭐가 그리 좋은지 그는 갑자기 웃음을 터뜨렸다.

그러다 말고 주위를 한차례 돌아보며 손으로 입을 가렸다.

하지만, 그걸로는 지금 터질 것만 같은 그의 행복감을 가릴 수 없었다.

"큭…… 크헤헤헤헤헤헤!"

거리 한복판에서 웃음을 터뜨리고 마는 택중이었다.

'우헤헤헤헤! 이게, 이게 내 꺼란 말이지?!'

방금 계약하고 오는 길이었다.

백억이 넘는 건물을 구입하는 일이었지만, 그래도 깎는 건 당연한 일이었다.

몇 억씩 왔다 갔다 하며 승강이를 벌였고, 끝내 백이십억 원에 사기로 합의를 보았다.

대신 현금으로 바로 샀다.

잔금일 따윈 필요치 않았다.

돈이 급했던 상대방은 조금의 망설임도 없이 그에게 건물을 양도했다.

법무사와 부동산 중개인까지 동석한 자리에서 이루어진 거래였기에 법적으로도 하자는 없었다.

조그마한 실수도 용납하지 않기에, 택중은 그야말로 철두철미하게 일을 처리했다.

결국, 빈틈없는 일 처리 뒤에 그는 마침내 건물 소유주가 되었다.

"으하하하하하!"

그러니 웃지 않을 수 없었던 것이다.

게다가 이런 건물이 두 채 더 있다.

그러고도 현금이 오백억 원 정도 남아서 일단은 은행에 예치해 두었다.

한마디로 그는 부동산뿐만 아니라 현금 동원력에서도 어지간한 부자에겐 밀리지 않는 부자가 된 것이다.

택중은 만족한 표정으로 건물을 보다가 어깨를 쭉 펴고 걷기 시작했다.

'어디 한번 보자! 내 건물!'

          *   *   *

김 대리는 솟구치는 짜증을 금할 길이 없었다.

"아놔! 왜 하필 오늘인데? 망할! 아무리 돈이 많아도 그렇지. 어떤 꼰대가 하루만에 잔금까지 다 치렀다는 건지!"

투덜거리며 건물 입구를 쳐다보던 김 대리가 때마침 지나치던 택중을 발견했다.

'응? 사무실 직원인가? 어디 사무실이지?'

빌딩의 20개 층 중 식당들이 임대해 있는 지하층과 로

비, 커피숍 등 편의시설이 있는 1층, 2층을 제외하면 나머지 18개 층은 모조리 사무실로 임대를 준 상황. 그중에서 맨 꼭대기 층의 일부는 빌딩 관리부에서 사용한다손 치더라도 상당히 많은 업체가 입주해 있었다.

그렇기 때문에 건물 관리 차원에서 출입을 철저히 통제하고 있었다.

이를 위해 발부한 것이 바로 IC칩이 내장된 명찰이었다.

로비를 가로질러 엘리베이터가 있는 건물 안쪽으로 향하는 곳에는 IC단말기가 있어서 반드시 명찰이 있어야만 통과할 수 있었다.

그리고 명찰은 보안상의 이유로 모두 목에 차고 다녀야만 한다는 것이 규칙이었다.

한데 김 대리의 눈에 비친 택중은 아무런 명찰도 차고 있지 않았다. 게다가 입고 있는 옷도 허름하기 짝이 없었다.

짙은 회색빛의 잠바를 걸치고, 무릎이 늘어난 면바지에, 얼마나 오래 신은 건지 신발 코가 너덜너덜할 정도로 떨어진 흰색 운동화가 김 대리의 눈을 사로잡았다.

'잡상인이 분명한데……'

그렇다 치더라도 추레하기 짝이 없는 행색으로 보건대 제대로 된 물건을 팔 것 같지도 않았다.

그러고 보니, 두 팔로 품 안 가득 소중하게 감싸 안고 있는 서류 봉투도 의심스럽다.

"이봐요!"

막 김 대리 옆을 지나치고 있던 택중이 돌아보았다.

두 눈에는 의아한 빛이 가득했다.

그러거나 말거나 김 대리는 속으로 결심했다.

'이놈 봐라? 여기가 어디라고 함부로 기어 들어와서
는……!'

안 그래도 새로 바뀐 건물주가 시찰을 온다고 해서 짜증
만빵이었는데, 잘됐다 싶었다.

김 대리가 옆구리에 두 손을 얹으며 차갑게 말했다.

"누군지 모르지만, 여긴 함부로 들어오면 안 되거든요?"

"저, 함부로 들어온 건 아닌데요?"

"헛참! 요즘 젊은 사람들은 왜 이러나 몰라! 내 말이 말
같지 않아요?"

"그게 아니라……."

"이봐! 시끄럽고, 빨리 나가! 여긴 당신 같은 사람이 드
나들 수 있는 곳이 아니야!"

"아니, 그게 아니라……."

"어이! 김 씨 아저씨! 빨랑 와서 이 사람 쫓아 버려요!"

빌딩 수위인 김 씨를 부르며, 김 대리가 택중의 팔을 움
켜잡았다.

하지만, 택중이 누군가?

중원에서 죽을 똥 살 똥 고수들에게 갖은 구박을 받아 가며 무공을 수련한 청년 아닌가.

비록 그것이 아직까지는 내공 한 줌 사용하지 못하는 겉껍데기에 불과한 외공이었지만, 적어도 이곳에서 김 대리 따위에게 팔을 내줄 만큼 녹록한 것은 아니었다.

휙!

바람이 인다 싶은 순간, 택중이 몸을 뺐다.

그 탓에 중심을 잃은 김 대리가 휘청하며 비틀거리다가 이내 엉덩방아를 찧으며 넘어졌다.

그 모습을 보았는지, 주위에서 낄낄거리는 웃음소리가 들려왔다.

창피함을 느낀 김 대리는 얼굴이 뻘겋게 변해서는 인상을 쓰며 일어났다.

"이 새끼가! 좋은 말로 하니까, 사람을 쳐?"

택중이 대체 언제 사람을 쳤던가?

억울한 마음에 택중이 말문을 열었다.

"아, 제가 언제……?"

"김 씨! 저 새끼 잡아요!"

수위 김 씨가 급히 달려들었다.

동시에 김 대리 역시 재빨리 몸을 날렸다.

휙! 휙! 휙!

한동안 두 사람이 택중을 가운데 두고, 그를 붙잡기 위해

실랑이를 벌였다.

하지만, 택중의 움직임은 얼마나 빠른지 번번이 그들의 손길에서 벗어나고 있었다.

"앗!"

한데, 그만 택중의 발이 꼬이면서 중심을 잃게 되었고, 그 때문에 그만 넘어져 버렸다.

"너 이 새끼! 죽었어!"

김 대리가 악을 쓰며 택중을 올라타자 그 위로 수위 김 씨 역시 달려들었다.

"끄억! 왜 이러는 거예요!"

"왜 이래? 너 정말 몰라서 물어?"

"몰라요! 저한테 왜 이러는 건데요?"

"크크크. 몰라도 돼! 금방 알게 해 줄 테니까!"

그러곤 김 대리가 힘껏 주먹을 내지르려 하고 있었다.

그 순간 택중은 망설였다.

'받아쳐? 아님, 그냥 한 대 맞아?'

무공을 익힌 몸으로 일반인에게 폭력을 행사하는 게 망설여져서가 아니었다.

'자칫하면 경찰서 행인데…… . 깽값 물어 줄 바엔 그냥 한 대 맞고 말까? 에잇!'

눈을 꼭 감고 주먹이 날아오기만을 기다리던 택중. 한데 아무리 시간이 지나도 주먹은 날아오지 않았다.

무슨 일인가 싶어 슬그머니 눈을 뜨는 순간이었다.

"이게 무슨 일인가!"

양복을 차려입은 중년인 하나가 근엄한 얼굴로 김 대리의 손목을 잡아챈 채 묻고 있었다.

김 대리와 수위 김 씨가 후다닥 일어나더니 중년인을 향해 깊이 고개를 숙였다.

"아, 아무것도 아닙니다! 곽 부장님!"

김 대리는 서둘러 말하며 말을 더듬거렸다.

곽 부장이 그를 질책했다.

"이렇게 소란을 떨어 놓고 아무 일도 아니라니. 안 그래도 신임 회장님께서 오실 시간인데. 여기서 이런 소란을 벌이면 어쩌잔 건가?"

화가 잔뜩 났는지, 눈썹을 치켜세우며 말하는 곽 부장이었다.

김 대리는 고개를 숙인 채 벌벌 떨었다.

그런 그를 한차례 쏘아본 뒤 곽 부장이 돌아섰다.

"쯧쯧. 행여 관리가 부실한 곳이 없는지 한번 돌아보라고 시킨 건데. 그것도 하나 못한단 말인가?"

저벅저벅.

곽 부장이 멀어져 가는 소리에 질끈 감고 있던 눈을 뜬 김 대리가 화풀이 대상을 찾아 주위를 두리번거렸다.

때마침 택중이 일어나서 몸에 묻은 먼지를 탈탈 털고 있었다.

그를 향해 눈을 번뜩이던 김 대리가 얼굴을 일그러뜨리며 그에게 막 다 가려던 찰나였다.

"최 법무사님! 오랜만에 뵙습니다."

"아, 곽 부장님이군요. 뭐, 어떤가요? 앞으론 자주 뵙게 될 텐데요."

"하하하! 그러게요. 앞으로 잘 부탁드리겠습니다."

"아이고 별말씀을. 근데, 회장님께선?"

"예? 같이 오시는 게 아니었습니까?"

"아, 전 서류 처리할 일이 있어서 법무법인 사무실로 잠시 다녀오느라 이제 온 겁니다. 고 회장님께서 이번에 빌딩을 세 채나 한꺼번에 매입하시는 바람에 일이 좀 많았거든요."

그러면서 주위를 한차례 둘러보던 최 법무사가 눈을 빛냈다.

그러곤 서둘러 자리를 벗어나며 소리쳤다.

"회장님!"

태중 앞으로 쏜살같이 달려온 최 법무사가 깊이 허리를 숙이며 외쳤다.

"다녀왔습니다!"

"아, 예……. 수고하셨네요."

그 순간 빌딩 로비에 있던 사람들은 모두 굳은 얼굴이 되고·말았다.

특히 김 대리의 얼굴은 새파랗게 변해 버렸다.

부르르.

온몸을 떨며 마른침을 삼키는 김 대리였다.

제17장
만나야 할 사람

뚜르르르.

벨소리가 들리고, 이내 수화음이 들려왔다.

―박 대령입니다.

"안녕하세요. 저 택중입니다."

―아하! 자네군! 안 그래도 기다리고 있었네. 그날 하도 기다려도 안 오기에, 무슨 일이 있나 걱정하던 참이네.

"아, 그러셨군요. 집안에 문제가 좀 있어서요."

―흠, 별일 아니길 바라겠네. 그건 그렇고, 어떤가?

"……?"

―오늘 시간이 되면 만나는 게?

"아! 저도 그러려고 전화했어요."

─그럼, 이따가 보도록 하지.

뚜우뚜우…….

헐!

어디서 몇 시에 보자는 말도 없이 끊어 버리다니.

황당한 심정이 된 택중이었다.

하지만, 그가 바보는 아니지 않은가?

굳이 약속 장소와 시간을 말하지 않았다는 건…….

'세운 상가로 가면 되겠지.'

박 대령과 처음 만났던 어둡고 좁은 가게를 떠올린 택중
이었다.

*　　　*　　　*

한여름에 바바리코트…….

미치지 않고서야 그런 차림을 할 사람이 있을까마
는…….

있었다.

택중이 바로 그 주인공이었다.

베이지색 바바리코트를 입고, 허리띠를 꽉 졸라맨 그는
깃을 세워 얼굴을 묻은 채 조심스레 걷고 있었다.

'설마 마주치기야 하겠어?'

한 걸음 내디딜 때마다 사방을 두리번거리며 걷는 그의

눈가에는 예의 그 선글라스가 있었다.

그렇게 한참 동안 세운상가 안으로 발걸음을 옮기던 그가 화들짝 놀라 걸음을 멈추었다.

'제길!'

햇살에 반짝이는 대머리.

관광 버스 기사들이나 쓸 잠자리 테 선글라스를 걸친 중년 사내가 휘적거리며 걸어오고 있었던 것이다.

잡화상 주인이었다.

지난번에 쫓기던 기억을 떠올린 택중이 얼른 고개를 숙이며 시선을 피했다.

그러곤 천천히 걸음을 옮기기 시작했다.

'설마, 알아보는 건 아니겠지?'

저벅저벅.

두 사람이 교차하며 지나치려는 순간이었다.

삐질.

택중의 이마에서 땀방울이 흘러내렸다.

긴장된 순간.

마치 천 년 같은 시간이 흘러가고 있었다.

그리고 마침내 두 사람이 완전히 엇갈려 서로가 등을 보이며 걷게 된 시점이었다.

'후유!'

택중이 안도의 한숨을 내쉬며 한껏 긴장했던 어깨에 힘

을 빼는 순간,

저벅.

뒤쪽에서 걸음을 멈추는 듯, 발소리가 사라졌다.

그리고 이내 들려오는 음성.

"이봐!"

움찔.

택중은 갈등했다.

'확! 튀어 버릴까! 아니, 그건 좋은 수가 아닌 거 같은데…… 진짜로 난 줄 알아봤다면 날 불렀겠어? 우선 덮치고 봤겠지?'

꿀꺽.

마른침을 한차례 삼킨 택중이 천천히 돌아섰다.

그러곤 되물었다.

목소리가 은근히 떨리고 있었다.

"왜, 왜요?"

"불 좀 빌릴 수 있을까?"

담배를 꼬나문 '대머리 선글라스'가 껄렁하게 물어왔다.

끄덕.

택중이 고개를 끄덕이며 주머니에서 담뱃갑을 꺼냈다. 거기에 들어 있는 라이터를 꺼내어 불을 붙였다.

타라라락, 화륵!

불길이 일자, 조심스레 한 손으로 바람막이 삼아 가져간 그였다.

한데 그 손길은 무척이나 조심스러웠고 또한 떨리고 있었다.

게다가 바람까지 세차게 불어왔다.

휘잉!

그러니 라이터 불이 꺼질 수밖에.

"……!"

대머리 선글라스가 고개를 내저었다.

담배에 불이 붙지 않았다는 신호였다.

택중이 얼른 다시 불을 켰다.

아니, 그러려고 했다.

하지만 너무 긴장했던지 라이터가 그만 손에서 벗어나더니 바닥에 떨어지고 말았다.

툭!

꿀꺽.

침을 삼키며 멈칫한 택중이 조심스레 허리를 굽혔다.

그러곤 손을 뻗어 라이터를 주우려는 순간이었다.

스르르르.

'어어! 아, 안 돼!'

그가 쓰고 있던 선글라스가 미끄러지며 벗겨지려 하고 있었던 것이다.

급박한 상황에 택중이 서둘러 손을 뻗어 선글라스를 잡

아 갔다.

하지만 이미 늦고 말았다.

스륵, 툭!

바닥에 떨어지고만 선글라스.

그 탓에 완전히 드러난 택중의 얼굴.

"……!"

"……!"

두 사람의 시선이 허공에 얽혀 들었다.

당황한 택중이 눈을 껌벅이고 있는 사이, 대머리 선글라스는 눈가를 가늘게 만들고는 고개를 갸웃거렸다.

아마도 과거의 편린을 더듬고 있을 터였다.

그러다 갑자기 탄성에 가까운 외침을 터뜨리는 대머리 선글라스였다.

"너!"

후다닥!

택중이 바람처럼 몸을 돌려 내달리기 시작했다.

그러면서 절규했다.

"제발 좀!"

망할 팔자 같으니라고!

어떻게 한 번도 제대로 되는 일이 없는 거냐고!

아니, 어떻게 된 게 걱정했던 일은 모조리 일어나고 마는 거냔 말이야!

택중이 속으로 운명의 신을 욕하며 쏜살같이 달리고 있을 때, 등 뒤에서는 대머리 선글라스의 고함이 들려오고 있었다.

"저놈 잡아!"

우르르르.

어디서 튀어나왔는지, 수를 헤아릴 수 없는 사내들이 쏟아졌다. 그들은 대머리 선글라스의 외침에 따라 택중을 뒤쫓기 시작했다.

"잡아!"

"너 이 새끼 잡히면 죽을 줄 알아!"

"확 그냥 허리를 접어 버린다!"

"거 안 서?! 내장 위치 바꿔 버리기 전에!"

온갖 흉흉한 욕설이 날아들고 있었지만, 택중은 설 생각이 조금도 없었다.

미쳤냐?

맞아 죽기로 작정하지 않고서야 그럴 리가 없잖아!

택중은 죽을힘을 다해 뛰고 있었다.

'저기로 올라가면 2층이니까……. 안 돼! 또 지난번처럼 뛰어내릴 순 없어! 그래! 저리로 가자!'

세운상가 아래쪽 주차장 사이로 난 좁은 골목이었다.

온갖 공구들을 진열해서 팔고 있는 모습이 보였다.

다다다다닷!

발바닥에 불이 나도록 달리면서 황급히 방향을 바꾼 택중. 그의 체중이 오른쪽으로 쏠리면서 그만 미끄러지고 말았다.

　　우당탕탕!

　　진열되어 있던 공구들이 바닥에 쏟아지는 가운데, 택중이 후다닥 일어났다.

　　그러곤 뒤돌아보니, 손에 잡힐 듯한 거리에 놈들이 쫓아오고 있었다.

　　얼른 보아도 열 명은 족히 돼 보였다.

　　'잡히면 죽는다!'

　　때마침 가게에서 튀어나온 공구상 주인이 얼굴이 시뻘게져서 소리소리 지르고 있었다.

　　그런 그를 향해 택중이 다급히 소리쳤다.

　　"죄송해요! 담부턴 조심할게요!"

　　그러곤 쏜살같이 사라졌다.

　　다다다다다닷!

　　죽도록 달리는 그였다.

　　하지만, 더는 길이 없었다.

　　"크헉!"

　　막다른 골목이라니!

　　이번엔 행운조차 따라 주지 않는단 말인가!

　　택중의 안색이 급격히 어두워졌다.

뒤쪽을 돌아보니, 아직 놈들이 모습을 드러내고 있지 않았지만, 금방 따라잡힐 게 뻔하다.

그동안 어떻게든 해야 할 텐데.

하지만, 무슨 수로?

막막하기만 한 택중이었다.

바로 그때였다.

저벅저벅.

누군가 안쪽 가게에서 걸어 나오고 있었다.

익숙한 체구의 익숙한 폼으로.

한 손에는 한 여인이 헐벗은 채로 얄딱꾸리한 포즈를 취하고 있는 비디오 테이프를 들고서.

"바……."

"엉?"

"박 대령님!"

"……자네?"

깜짝 놀라는 박대령의 손을 움켜쥔 택중이 서둘러 가게 문 안으로 들어서려 했다.

일단 급한 불부터 끄려는 심정에서였다.

하지만 박 대령은 움직이지 않았다.

'왜?'

택중이 의아해져서 돌아보았지만, 박 대령이야말로 영문을 알 수 없다는 표정을 짓고 있었다.

결국, 택중은 골목 쪽을 바라보며 소곤거렸다.

"놈들이 쫓아와요!"

그때 막 골목 안으로 놈들이 들어섰다.

"헉!"

순간 눈앞이 캄캄해지는 택중이었다.

놈들이 택중 앞으로 밀려든 것은 정말 눈 깜짝할 순간이 었다.

그러곤 그중 가장 험상궂은 사내가 택중을 향해 인상을 빡 쓰는데, 대머리 선글라스가 숨을 헐떡이며 걸어 나왔다.

두려움에 사로잡힌 택중이 잘게 몸을 떨고 있을 때 대머리 선글라스가 말했다.

"안녕하셨습니까! 형님!"

그가 허리를 구십 도가 되도록 접으며 소리치자, 그 뒤를 이어 사내들이 허리를 숙였다.

동시에 일제히 외쳤다.

"안녕하셨습니까! 형님!"

영문을 몰라 눈을 껌벅이는 택중. 그의 두 눈이 더할 수 없이 커지고 말았다.

박 대령이 나섰기 때문이다.

"어이! 잘들 있었나?"

"바, 박 대령님?"

택중의 목소리가 떨리고 있었다.

반면 박 대령은 전혀 아무렇지도 않은 모습이었다.

"인사들 하게."

여태 꽁지 빠지게 쫓기던 그와 잡히면 잡아먹을 기세로 뒤쫓던 사내들에게 난데없이 인사를 하라니.

당황한 택중이었다. 그런 그와는 달리 사내들은 쿨했다.

"아, 형님 아시는 분이셨습니까?"

대머리 선글라스가 껄렁하게 앞으로 나서며 말했다.

"그럼 그렇다고 말씀을 하시지 않고……."

여태 얼굴이 시뻘게져서 뒤쫓아 오던 것과 달리 이빨을 흰히 드러내며 씨익 웃는 그를 택중이 어이없이 바라보았다.

"처음 뵙소잉, 도쿠라 부르쇼."

도쿠?

이름 같지도 않은 이름을 듣고 택중이 눈을 동그랗게 해 보였다.

그러든지 말든지, 사내들이 하나씩 앞으로 나서며 자신을 소개했다.

"망치요."

"작두요."

"오도시라 합니다."

"짝귀요."

하나같이 이상한 이름들뿐이다.

'뭐, 뭐야? 철물점이야? 왜들 연장에, 공구들뿐인데?'

택중은 낯빛이 새파래져서 손을 내밀 생각조차 하지 못했다.

그렇기 때문인가.

어딘지 모르게 더욱더 험상궂은 얼굴로 비쳤다.

그런 그에게 도쿠라고 자신을 소개한 사내, '대머리 선글라스'가 휘적휘적 걸어와 손을 내밀었다.

하지만, 택중은 마주 손을 잡아 갈 엄두가 나지 않았다.

그러자 도쿠가 피식 웃더니 다른 손을 뻗어 왔다.

"……?"

흠칫한 택중이 뒤로 물러나려는 찰나, 도쿠가 그 손으로 택중의 손목을 잡아챘다.

순식간에 손목을 잡힌 택중이 한껏 긴장해 있는데, 그의 손에 두툼하고 거친 손이 닿고 말았다.

"……!"

그 순간, 택중은 기이한 감각에 몸을 떨었다.

자신도 모르게 온몸을 타고 흐르는 감각이었다.

그것이 무엇인지 기억해 내려 애쓰던 그의 머릿속에 지난날 은설란과 땀을 흘리던 나날들이 스쳐 갔다.

'그래! 내가 왜 도망 다녀야 하지?'

자신이 무언가를 잘못했다면 그럴 수도 있지만, 오로지

힘의 차이 때문에 그런 것이라면…….

울컥!

무언가 뜨거운 것이 가슴속에서 치솟았을 때였다.

"만나서 반갑소."

씨익.

비릿한 웃어 젖히는 도쿠가 손에 힘을 불어넣었다.

택중을 얕잡아 보고 있던 도쿠였기에 일부러 세게 쥐어서 놀리려던 심산이었던 것이다.

한데…….

'응?'

꽤 힘주어 잡았는데도 택중의 표정이 그대로다.

아니, 갈수록 평온한 얼굴이 되는 것 같았다.

'어쭈? 요것 봐라?'

꽉!

힘이 세기로 근방에선 제일이라 할 수 있었던 도쿠는 그 야말로 온 힘을 다해 택중의 손을 쥐어 갔다.

하지만 소용없었다.

'이, 이럴 리가 없는데?'

바로 그 순간이었다.

콰직!

'끄윽!'

도쿠는 기겁하지 않을 수 없었다.

손이 너무 아팠던 것이다.

놀란 그는 택중의 얼굴을 쳐다보았다.

씨익.

입매가 호선을 그리며 미소를 그리고 있었다.

화가 치민 도쿠가 뭐라고 한마디 하려는 순간이었다.

콰드드득!

뼈가 어긋나는 듯한 느낌과 함께 통증이 밀려들었다.

"끄아악!"

도쿠가 저도 모르게 비명을 내지르는 순간, 택중이 마주 잡은 손을 위아래로 흔들기 시작했다.

우두둑! 우둑!

안 그래도 힘을 주고 있었던 도쿠의 손.

그로 인해 손목에서 어깨에 이르기까지 근육들은 온통 수축되어 있었고, 심줄은 팽팽하게 당겨진 상태였다.

그런데 택중이 갑자기 세차게 흔들어 대니, 그만 근육이 파열되고 뼈까지 어긋나기 시작한 것이다.

뿐만 아니었다.

그쯤에서 그쳐도 되련만, 택중은 그렇게 하지 않았다.

확!

힘차게 도쿠를 끌어당긴 뒤, 바짝 다가온 귀에다 대고 말했다.

"반가워요. 도쿠 씨."

그 순간, 도쿠는 들었다.

빠각!

자신의 손목이 비틀어지며 탈골되는 소리를.

"으아아아악!"

그가 내지른 비명이 세운 상가를 울리는 가운데, 도쿠의 일행들은 잠시간 아무런 말도 하지 못했다.

순간 무슨 일이 일어났는지, 알아채지 못했던 까닭이다.

하지만 오래지 않아 그들은 깨달았다.

도쿠가 당했다!

앞뒤 가리지 않는 성격을 지닌 그들이었다.

일제히 앞으로 달려 나와 택중을 에워쌌다.

하지만, 택중은 겁먹지 않았다.

아까는 알아채지 못했는데 지금 보니, 저들의 움직임에 수를 헤아릴 수도 없는 허점이 보였던 것이다.

'할 수 있어!'

저런 자들이라면 지금보다 두 배는 더 몰려와도 해치울 수 있을 것 같았다.

'다 때려눕혀 버린다!'

택중은 자신도 모르게 가슴을 치고 올라오는 감정에 스스로 놀랄 지경이었다.

그가 눈을 부릅뜨고 도쿠와 그의 일행들을 노려보고 있을 때였다.

박 대령이 스윽 다가와 택중의 어깨에 손을 얹었다.

흠칫.

택중이 깜짝 놀라 고개를 돌리자, 박 대령이 말했다.

"눈에 힘 좀 풀게."

"……예."

택중이 어깨에 힘을 빼면서 고개를 끄덕이는 걸 보곤 박 대령이 도쿠와 그의 일행들에게 말했다.

"자네들도 이쯤 해 두게. 뭐, 사내들끼리 치고받는 거 예사 아니던가?"

"그렇지만, 도쿠 형님이……."

"그래서 한 번 해보자 이건가? 응? 도쿠, 자네가 한 번 말해 보게."

왼손으로 부러져 버린 오른 손목을 감싸 쥐고 있던 도쿠가 인상을 쓰며 택중을 노려보았다.

그러다가 이내 박 대령을 향해 가볍게 고개를 내저었다.

"됐습니다."

"자! 다들 들었지?"

도쿠가 돌아서고, 그의 일행들이 멀어져 갔다.

그러면서도 택중을 노려보는 걸 잊지 않았다.

그들이 모두 사라지고 난 후 박 대령이 한차례 어깨를 으쓱해 보이곤 얘기했다.

"나보다 한참은 어린 것 같으니, 앞으로 동생이라 부름

세. 괜찮겠지?"

"그, 그렇게 하세요."

택중의 말에 박 대령이 그의 등짝을 가볍게 쳤다.

"자, 가세."

그러곤 앞으로 휘적거리며 걸어가는 게 아닌가.

택중이 서둘러 뒤쫓았다.

"놈들도 아주 썩은 놈들은 아닐세. 그러니 혹여 악감정
이 있더라도 풀도록 하게. 어차피 자네를 보아하니 여길 자
주 드나들 것 같은데, 계속 마음이 꽁해 있으면 좋을 게 없
지 않겠나?"

"……예."

걷는 내내 택중은 고개를 숙이고 있었다.

수치심이 들기도 했고, 또 한편으로는 화도 좀 나는 것이
영 기분이 좋지 않았던 것이다.

박 대령이 다시 말했다.

"뭐, 처음부터 놈들이 날 인정한 건 아닐세."

"……?"

"아, 놈들이 날 형님이라 부른다고 해서 나마저 놈들 같
은 양아치로 보지 말란 말일세."

"그, 그럼…… 헙!"

택중이 말하다 말고 자신의 입을 막았다.

말하고 보니, 자신이 박 대령을 놈들과 같은 치로 보고

있다고 인정하는 꼴이 되고 말았기에.

"괜찮네. 자네 눈에는 충분히 그렇게 보일 수 있는 거지. 하지만, 한 가진 명심하게."

"……?"

"차차 알게 되겠지만, 세상에는 영원히 섞이지 않는 것들이 꼭 물과 기름만이 아니란 걸 말일세."

"……."

알 것도 같고 모를 것도 같았다.

그럼에도, 택중은 고개를 끄덕여 보였다.

박 대령이 만족한다는 듯 웃었다.

"하하하. 좋네. 자, 이제 가서 일 얘기 좀 해 볼까?"

한 손에 비디오테이프를 든 채 휘파람을 불며 걸어가는 박 대령. 그를 보는 택중의 눈동자가 미미하게 흔들리고 있었다.

'미, 믿어도 되는 걸까?'

*　　*　　　*

두 평 남짓한 좁은 가게. 그 한복판에 덩그러니 놓인 테이블 위에 덩그러니 놓여 있는 물건을 택중이 어이없다는 듯 바라보았다.

그러다가 그가 불쑥 물었다.

황당하다는 목소리가 역력했다.

"이거 작동하긴 하는 겁니까?"

택중이 묻는 것과 동시에 집어 든 것은 한 자루 권총이었다.

"당연하지."

택중의 손에서 빼앗듯 잡아채 가는 박 대령이 콜트 권총의 노리쇠를 뒤로 잡아당겼다.

철컥!

녹슨 소총 안쪽에서 노리쇠뭉치가 물리는 소리가 울리자, 택중은 흠칫했다.

그러든지 말든지. 박 대령은 총구를 택중에게 향하며 씨익 웃었다.

"헙! 왜 이럽니까!"

놀란 택중이 고개를 움츠리며 외치자, 박 대령이 껄껄 웃으며 말했다.

"뭘 그리 놀라나? 빈총일세."

그러곤 총구를 택중에게 더욱 바짝 들이댄 채 방아쇠를 당기는 시늉을 해 보였다.

그때마다 택중이 놀라며 이리저리 몸을 움직이자, 그 모습을 재미있어 하던 박 대령이 끝내 피식 웃고 말았다.

"빈총이래도 그러네."

그 순간이었다.

택중이 갑자기 움직임을 멈추더니, 그를 쏘아보았다.

"정말 이러깁니까?"

금방이라도 자리를 박차고 나갈 듯한 모습이었다.

뭐랄까 한껏 당겨진 활처럼 느껴졌다.

그 모습을 보던 박 대령이 눈을 가늘게 해 보였다.

'……변했군.'

이유는 알 수 없었지만, 지난번 보았을 때랑은 달라도 너무 다르다.

아까도 느꼈지만, 뭐랄까 뭔가 패기가 생긴 듯한 그런 모습이었다.

"하긴, 빈총을 겨누면 삼 년간 재수가 없다지 아마?"

그러곤 총구를 위쪽으로 향한 채, 방아쇠를 당겼다.

철컥!

"거보래도 빈총이라고 하지 않았나."

"알 게 뭡니까? 속을 들여다본 것도 아닌데……."

택중의 말에 박 대령은 자신도 모르게 고개를 끄덕였다.

"그렇긴 하군."

이어 그가 말했다.

"자, 보게. 이게 말일세. 끝내 주는 물건이거든!"

박 대령이 두 손으로 들고 보여 주고 있는 물건을 택중은 어이없다는 듯 바라보았다.

녹이 슬어서 정말 총이 발사될지 알 수 없는 그런 물건이었던 것이다.

"아, 자네. 군대 안 갔다고 했지? 그래도 이건 알겠지? 여기 이 탄창에 총알을 장전하고 난 후 안전장치를 풀고 쓰면 되는 걸세."

뭐가 그리 좋은지, 신 나게 떠들어 대는 박 대령을 보다가 택중이 한숨을 토해 냈다.

하도 후지게 생긴 권총이었던 터라 택중은 이미 살 마음이 사라진 뒤였다.

아니 그전에 이곳에 왜 왔나 싶어서, 박 대령의 설명은 귀에 들어오지 않고 있었다.

결국 그는 말하지 않을 수 없었다.

"저, 저기……."

"응?"

말하다 말고 택중을 올려다보는 박 대령. 그가 의아하다는 눈빛을 해 보였다. 그러다 일순 인상을 굳혔다.

"설마……."

"……?"

"인제 와서 아무것도 사지 않겠다는 말을 하려는 건 아니겠지?"

"……"

"그럼, 좀 곤란한데? 내가 이걸 구해 오느라, 들인 시간과 노력을 말하자면……."

험상궂은 얼굴을 한 채 눈을 빛내는 박 대령. 그의 시선을 피한 채 택중이 머뭇거렸다.

그때 박 대령이 껄껄 웃었다.

"하하하! 그런 표정 짓지 말게. 장난 좀 친 거네."

한참을 웃는 박 대령이었다.

그러다 그만 머리통이 뚝 하고 떨어지는 게 아닌가.

"헉!"

깜짝 놀란 택중이 자리를 박차고 일어났다.

얼떨결에 시커먼 머리통을 받아 들고만 그를 향해 박 대령이 말했다.

당연히 음성은 택중이 들고 있는 것에서 들려오지 않았다.

"어? 가발이 벗겨졌네?"

'아! 가발이었구나!'

"쩝, 싸구려를 샀더니……. 허허허! 이것 참 민망하구만!"

택중에게서 가발을 건네받은 박 대령이 테이블 아래에서 거울을 꺼내더니 가발을 쓰기 시작했다.

이리저리 고쳐 쓰곤 있었지만, 어쩐지 처음보다 어색해 보였다.

한참을 꼼지락거린 뒤에야 박 대령이 고개를 쳐들고 웃었다.

"흐흐흐. 별꼴을 다 보이는군 그래."

한데 가발의 모발이 흐트러져서인지 영 눈에 거슬렸다.

눈살을 찌푸릴 정도는 아니지만 어쩐지 마음에 걸린 택중. 그러던 그의 머릿속에 뭔가가 떠올랐다.

스윽.

택중이 주머니에서 뭔가를 꺼내어 내밀었다.

"으잉? 이게 뭔가?"

의아해져 물어오는 박 대령을 향해 택중이 손짓을 해 보였다.

접은 걸 펴라는 듯 손짓을 하자, 그제야 박 대령이 알아듣고는 그대로 해 보였다.

그러곤 껄껄 웃으며 외쳤다.

"하하하! 빗이었구먼. 호오. 꽤 그럴싸한데?"

슥슥.

접이식 빗을 펴서 가발을 손질하는 박 대령을 보며 택중이 간만에 미소 지었다.

'가지고 다니길 잘했네.'

중원에서 복대를 살 때 서비스로 받은 걸 지니고 있었던 건데, 꽤 요긴하게 사용하게 된 것이다.

잠시 뒤, 빗질을 마친 박 대령은 빗을 택중에게 돌려 주려 했다.

한데 그가 갑자기 움직임을 멈추었다.

"응?"

"왜 그러시죠?"

"이, 이건……?"

박 대령의 두 눈이 일순간 커다래졌다.

그러곤 그가 외쳐 물었다.

"자네! 이거 어디서 난 건가?"

"그, 그야……."

딱히 할 말이 없었던 택중. 말해도 믿어 줄는지 알 수 없지만, 그전에 저쪽 세상의 일을 말해도 되는지 몰라서였다.

뭐랄까. 왠지 그랬다가는 안 될 것만 같았다.

그가 잠시 망설이는 사이, 박 대령이 다시 외쳤다.

"어디서 났든 상관없네. 으하하하하! 자네! 정말 다시 봐야겠구먼!"

뭐가 그리 신나는지 크게 웃어 젖히던 박 대령을 택중이 눈을 가늘게 뜬 채 쳐다보았다.

그러면서 그는 속으로 짚이는 바가 있어서 불쑥 물었다.

"그래, 얼마나 받을 거 같은데요?"

"응? 자네 알고 있었나?"

"그럼 모르고 가지고 다녔겠어요? 안 그래도 어디서 팔까 고민하던 중이었다구요."

"하하하하! 그랬겠지. 그러니까, 이처럼 제대로 된 걸 가지고 있는 걸 테지."

박 대령이 껄껄 웃는 동안, 가만히 기다리던 택중이 갑자기 손을 내밀어 빗을 낚아챘다.

그러곤 자리에서 일어나며 말했다.

"더 이상 할 말 없으시면 이제 갈게요."

"어허! 왜 이러나? 젊은 사람이 성미가 그렇게 급해서야 원!"

택중이 박 대령이 이끄는 대로 다시 앉자, 박 대령은 급히 말했다.

"그래, 얼마면 되겠나?"

"얼마나 주실 건데요?"

"글쎄……."

"달라는 대로 주실 것도 아니잖아요?"

"응?"

"어차피 대령님이야 중간에서 마진 보고, 어딘가에 팔아 넘기실 텐데…… 당연히 저한테는 값을 후려칠 테고, 파는 쪽에는 바가지를 씌우시겠죠. 아닌가요?"

"크흠. 아니라고는 하지 않겠네."

여기까지 말한 박 대령이 뒤로 물러나 앉으며 팔짱을 꼈다.

그러곤 단호하게 말했다.

"그렇게 못 미더우면 돌아가게."

"……?"

"나, 박 대령이네! 다른 건 몰라도 이제껏 신용만큼은 확실히 하고 살아왔네. 그러니 갈 테면 가게."

말이 떨어지기 무서웠다.

택중이 자리에서 벌떡 일어나는 게 아닌가.

깜짝 놀란 박 대령이 서둘러 그를 잡았다.

"어허! 왜 이러나!"

"가려면 가라면서요?"

"그런다고 진짜 가나?"

"그럼 어쩌라구요?"

"자, 자! 앉게! 흥정이란 게 밀고 당기는 맛이 있는 거지. 뭘 또 그렇게 성급하게구나."

마지못해 따른다는 듯 앉는 택중. 그에게 박 대령이 재빨리 말했다.

"작은 거로 한 장 주겠네."

한 장이면 천만 원. 이 정도도 알아듣지 못할 택중이 아니다.

스윽.

택중이 다시 자리에서 일어나려 하자, 박 대령이 잽싸게 가격을 높였다.

"점오. 그 이상은 안 되네!

천오백만 원이라…….

엉거주춤한 자세로 박 대령의 눈을 들여다보던 택중이

다시금 자리에 앉았다.

그러곤 빗을 내밀었다.

"잘 생각했네."

박 대령이 빗을 받아 가져오려는데, 택중이 손을 놓질 않는 게 아닌가.

"……?"

당연히 박 대령으로선 의아할 수밖에.

그런 그에게 택중이 한마디 내던졌다.

"총."

"……?"

"흥정엔 덤이란 것도 있잖아요?"

"……!"

어이없다는 눈길로 택중을 보던 박 대령이 결국 손을 들고 말았다.

"좋네!"

그러곤 빗을 넘겨받았다.

이어 그는 가게 뒤쪽으로 난 문을 열고 들어가더니 한참 뒤에 나왔다.

두툼한 봉투를 건네며 그가 말했다.

"세어 보게."

택중이 세어 보니, 오만 원짜리로 딱 삼백 장 들었다.

"맞네요."

돈을 품 안에 갈무리하고 난 후 총을 들고서 그가 물었다.

"근데 총알은요?"

"없지."

"예?"

"없다니까?"

"……!"

결국 택중은 황당한 얼굴이 되어 그곳을 나올 수밖에 없었다.

＊　　　＊　　　＊

목동의 아이스링크 경기장에 접해 있는 공용 주차장에 트럭을 세운 뒤, 택중은 길을 건넜다.

그러곤 백화점과 붙어 있다시피 한 고급아파트 앞에 이르러 담배를 한 대 꼬나물었다.

딸깍.

라이터에서 솟구친 불꽃이 담배를 태우며 연기를 피어올렸다.

"후우!"

녀석이 오려면 아직 한 시간이나 남았으니, 담배 한 대는 괜찮겠…….

그러다가 갑자기 그는 얼른 담배를 비벼 껐다.

자신이 한 손에 커다란 곰 인형을 안고 있다는 걸 깨달았기 때문이다.

"휴우! 큰일 날 뻔했네."

담배 냄새라도 배었다간 정말 큰일 아닌가.

만일 그랬다가 여동생이 싫다고 하기라도 했다간…….

절망이다.

"에고, 이뻐라."

택중은 곰 인형을 마치 동생 대하듯 곱게 쓰다듬었다.

그런 그를 지나가는 행인들이 쳐다보곤 수군거렸다.

특히 여고생들이 키득거리고 있었다.

민망해진 택중은 얼굴을 붉히며 슬쩍 돌아섰지만, 그런다고 커다란 곰을 들고 있는 모습이 어디 가는 건 아니었다.

그렇게 한참을 서 있을 때였다.

부웅!

익숙한 로고가 그려진 버스 한 대가 다가오고 있었다.

끼익!

버스가 완전히 멈추고 문이 열렸다.

제18장
그들의 사정

짧게 쳐 올린 단발머리의 여학생이 친구들과 함께 버스에서 내리고 있었다.

교복을 단정히 차려 있은 그녀를 택중이 반가운 눈으로 쫓았다.

아무리 삼 년간 보지 못했다곤 하지만, 못 알아볼 그가 아니다.

지금 이 순간에도 그의 잠바 안주머니에 있는 지갑 속에는 여동생의 사진이 들어 있으니까.

"유진아!"

그가 반갑게 동생의 이름을 불렀다.

또각!

친구들과 함께 아파트 쪽으로 걸어가던 유진이 걸음을 멈추었다.

그녀의 친구들도 덩달아 걸음을 멈추고는 어째서 멈추었냐는 듯 유진을 보았다.

그때 이미 유진은 몸을 돌리고 있었다.

"유진아! 오, 오빠야……."

택중이 머쓱해져서 말꼬리를 늘였다.

그런 그를 유진이 차가운 눈으로 쳐다보았다.

흠칫.

뜻밖의 반응에 택중이 더 이상 나아가질 못했다.

'어째서?'

목구멍까지 치밀어 오른 말이었지만, 차마 내뱉지 못했다.

그랬다간 정말 유진에게 미움을 받을 것만 같았기 때문이다.

"왜 왔어?"

유진이 묻고 있었다.

"응?"

말문이 막힌 택중이 머뭇거렸다.

그러자 유진이 잠시 기다리다가 차갑게 말했다.

"빨리 들어가 봐야 해. 조금 있으면 과외 선생님 오실 시간이거든."

"그, 그래?"

유진의 얘기를 들으며 택중은 삼 년이라는 시간이 얼마나 긴 시간인지 깨달았다.

그리고 그동안 또 얼마나 많은 게 변할 수 있는지도 알게 되었다.

이제 자신만의 여동생은 없었다.

저곳에 서 있는 것은……

유진의 교복 상의, 명찰에 쓰인 세 글자.

이서윤.

자신과는 완전히 다른 곳에서 살아가고 있는 여고생이 있을 뿐이었다.

스윽.

어깨가 처지고 말았다.

그 순간이었다.

곰 인형이 바닥으로 떨어져 내렸다.

아니, 그러려는 순간이었다.

턱!

반사적으로 곰 인형을 잡아챈 택중이 한차례 침을 삼키곤 앞으로 나섰다.

그러곤 곰 인형을 내밀었다.

그걸 유진, 아니, 이서윤이 바라보았다.

'그게 뭐야?'라고 묻고 있는 눈빛이었다.

택중이 서둘러 대답했다.

"느, 늦었지만 생일 축하해."

탁!

유진의 매서운 손이 곰 인형을 때렸다.

이어 더없이 차가운 음성이 택중의 가슴을 후벼 팠다.

"필요 없어."

"유, 유진아!"

홱!

바람을 일으킬 만큼 빠르게 돌아선 유진이 아파트를 향해 걸어가기 시작했다.

그때 그녀의 친구들이 묻는 소리가 들려왔다.

"서윤아, 저 사람 누구?"

"되게 꾀죄죄한데, 설마 자기 친척이야?"

그리고 들려오는 유진의 음성.

"아니, 그냥 좀 아는 사람."

어쩐지 다른 사람들 것보다 더욱 크게 들려오는 목소리.

툭!

어느새 택중의 손아귀에서 떨어져 버린 곰 인형.

그것도 알아채지 못한 채 한참 동안 유진이 사라지는 걸 지켜보던 택중이 힘없이 돌아서고 있었다.

                    *   *   *

"죄송합니다, 선생님."

서윤의 어머니는 거듭해서 사죄의 인사를 하고 있었다.

─괜찮습니다. 아파서 그런 걸요. 서윤이한테 전해 주세요. 빨리 나아서 웃으면서 보자구요.

"예, 꼭 전하겠습니다. 그럼, 다음 주에 뵙도록 하지요."

전화를 끊으며 서윤의 어머니는 고개를 내젓고 말았다.

'이제껏 한 번도 이런 일이 없었는데…….'

혹시나 사춘기 때 엇나가기라도 할까 봐 전전긍긍했지만, 다행히 서윤은 그 흔한 말썽 한번 없이 그 시기를 지나쳤다.

뿐만 아니라, 학교에서 줄곧 수석을 차지할 만큼 공부도 잘했다. 아니, 열심히 했다.

게다가 집에서는 상냥하고 착한 딸이었고, 나가선 밝고 명랑한 아이였다.

그리고 누구와도 한 번 한 약속은 지키고 마는 사람이 바로 서윤이었다.

그랬기에 여태껏 과거 선생님과는 물론 그 누구와도 정해진 약속을 먼저 깬 적은 없었다.

한데, 오늘…….

서윤은 학교에서 돌아오자마자, 방안에 틀어박히더니 끝내는 오늘 과외를 취소시켜 달라고 하는 게 아닌가.

걱정이다.

'무슨 일이 있었던 걸까?'

혹시?

'그 아이가 찾아왔던 걸까?'

마음에 걸리는 건 오직 하나뿐이었다.

하지만 그녀라고 해서 그걸 말릴 자격은 없다는 게…….

'혈육인데…….'

결국 눈을 감고는 고개를 내젓고 마는 그녀였다.

*　　　*　　　*

서윤, 아니, 유진은 울고 있었다.

얼마나 울었는지, 그녀의 눈은 부울 대로 부어서 벌겋게 변해 있었다.

그런데도 그녀는 안고 있는 곰 인형을 떼어 놓지 않았다.

바닥에 떨어지면서 흙이 묻고 살짝 때가 탔지만 상관없었다.

그녀는 곰 인형이 마치 오빠라도 되는 것처럼 꼭 끌어안고 울고 있었던 것이다.

그러다가 갑자기 그녀가 울먹이며 말했다.

"왜…… 왜 이제야 온 건데……."

훌쩍이던 그녀가 오빠의 얼굴을 떠올렸다.

많이 늙었다.

예전엔 소년 같기만 하더니, 이제는 총각 티가 나는 오빠
였다.

그리고…….

아까는 정말이지, 오빠에게 달려가 안기고 싶어서 얼마
나 힘들었는지 모른다.

그걸 참기 위해 애써 차갑게 말했고, 상처가 되리라는 걸
알면서 딱딱하게 말했다.

하지만 굳이 그렇게 헤어지고 싶진 않았다.

정말이지, 그렇게나마 오랫동안, 될 수 있으면 계속해서
마주 보고 있고 싶었다.

한데…….

'미워!'

삼 년 동안 한 번도 찾아오지 않더니, 이제 와 생일이라
니!

그땐 어찌나 화가 나던지, 자신도 모르게 쌀쌀맞게 굴고
말았다.

아니, 마치 남처럼 굴고 말았다.

그걸로도 모자라 친구들이 누구냐고 물었을 때, 일부러
'조금 아는 사람'이라고 심술 맞게 굴었다.

그러면서도 속이 상했고, 제발…….

오빠가 그대로 믿지 않기를 바랐다.

'바보 같이! 나, 정말 왜 그랬을까?'

그때 오빠가 받았을 상처를 생각하니, 마음이 너무 아팠다.

그리고 후회가 들었다.

친구들과 헤어지기 무섭게 돌아갔을 때 바닥에 구르고 있는 곰 인형을 보는데, 또 어찌나 눈물이 솟구치던지…….

그때만큼은 모든 게 싫어졌다.

이제까지 착한 딸로 살아왔던 것도, 오빠의 바람대로 행복하게 사는 척 했던 것도 다 싫어졌다.

그래서 오늘만은 혼자 있고 싶었다.

과외 선생님을 오지 못하게 한 것도, 처음이었다.

그렇게 방 안에 틀어박힌 그녀는 정말 오랜만에 오빠 생각을 실컷 하고 있었다.

이제까지 일부러 피해 왔던 오빠 생각을…….

'바보! 이제 와서 찾아오면 어쩌겠다고!'

그녀는 잘 알고 있었다.

어째서 삼 년 전부터 오빠가 자신을 찾아오지 않았는지를.

그때가 마침 그녀 또래가 사춘기로 접어들 나이였고, 그걸 감안한 오빠는 일부러 자신을 찾지 않았음을 잘 안다.

하지만 오빠가 모르는 게 하나 있었다.

대개의 고아 출신들이 그렇듯, 그녀 역시 또래보다 성숙한 편이었다.

그렇기에 이미 사춘기는 지나간 뒤였다. 아니, 올 새도 없었다.

어떻게든 오빠의 바람대로 좋은 딸에 행복한 소녀로 살기 위해 아등바등 살고 있었으니까.

그런 그녀에게 오빠는 '정말 너만은 행복해야 해!' 라고 말해 준 것이나 다름없었다.

그래서 유진은 그때부터 곱절은 더 노력했다.

그전까지도 열심히 살았지만, 그날 이후론 정말 토할 만큼 노력하며 살아왔다.

한데, 이제 와서…… 이제 와서…….

"오빠……."

곰 인형을 안은 소녀의 입술 사이로 흘러나온 음성에 물기가 어려 있었다.

＊   ＊   ＊

다음 날 아침.

눈을 떴지만, 택중은 일어나지 않았다.

알람이 울리기도 전에 그는 스마트폰을 꺼 버렸다.

슬슬 일하러 나갈 시간이란 것도 알았지만, 그는 다시금 눈을 감아 버렸다.

원래대로라면 만물상 트럭을 몰고 나가서 물건들을 파는 일뿐만 아니라, 새로 산 건물들도 한차례 돌아보아야 할 터였다.

그럼에도 그는 아무런 움직임도 보이지 않았다.

그저 누워 있고만 싶었다.

그냥 모든 걸 잊고, 할 수만 있다면 머릿속을 싹 비우고 싶었던 것이다.

하지만, 그게 되지 않는다.

택중은 누운 채로 눈물을 흘렸다.

어느새 그의 입가에선 흐느끼는 음성이 흘러나왔다.

"아버지…… 어머니……. 죄, 죄송해요……."

그렇게 얼마나 지났을까.

해가 떠올라 대기를 따뜻하게 데우다 못해 뜨겁게 달구고 있을 때였다.

택중은 지친 얼굴로 잠들어 있었다.

띵동띵동.

차임벨 소리가 울렸지만, 택중은 일어날 생각을 하지 않았다.

띵동띵동.

몇 번이나 울렸는지, 설비 아저씨가 막 돌아서려던 때였다.

삐걱.

현관문이 열리고 택중이 모습을 드러냈다.

"안에 있으면서 문도 안 열고 뭐하시는 겁니…… 헉!"

설비 아저씨는 벌컥 화를 내다 말고 말을 주워 삼켰다.

다 죽어 가는 듯한 얼굴을 하고 있는 택중을 보면서 더 이상 아무런 말도 할 수 없었던 것이다.

"가스통 연결해 달라고 하셨죠?"

택중이 말없이 고개를 끄덕이자, 설비 아저씨는 재빨리 안으로 들어서서 부엌 쪽으로 갔다.

그러곤 불과 십오 분 만에 모든 걸 끝내고 돌아갔다.

그때였다.

띠로롱, 띠로롱~ 오빠~ 전화 받아~ 언능!

벨 소리가 울리기 시작했다.

"……?"

스마트 폰을 확인한 택중이 물끄러미 이름을 바라보았다.

화면에 선명하게 떠올라 있는 이름은…….

박 대령

오늘 같은 날, 만나고 싶지 않은 사람의 이름이었다.

하기야 누군들 만나고 싶겠냐만은…….

한편으로는 누구든 좋으니, 만났으면 좋겠다는 생각이
드는 택중이었다.

삼십 분 후 꾀죄죄한 행색으로 트럭 위에 오르는 그였다.

*　　　　*　　　　*

가게 안에서 테이블을 사이에 두고 두 사람이 앉아 있었
다.

"자, 일단 받게."

박 대령이 내민 것은 서류 봉투였다.

'……?'

시커멓게 죽은 눈빛으로 바라보는 택중을 향해 박 대령
이 고갯짓을 했다.

얼른 확인해 보라는 눈치다.

택중은 천천히 봉투를 들었다.

안에 무엇이 들었는지 의아해지는 그였다.

그렇다고 막 궁금하거나 하진 않았다.

지금 그의 상태로는 무슨 일이든 마찬가지일 터였다.

어쨌든 택중이 봉투를 열어 보니…….

"이게 뭔가요?"

사진들이 잔뜩 들어 있었던 것이다.

박 대령은 종이컵에 담긴 커피를 홀짝거리다가 말했다.

"아, 이런…… 내가 말 안 했었나?"

만나고 헤어진 지 하루 만에 무슨 일이 있었기에…….
그리고 말은 무슨……?

물끄러미 쳐다보는 택중을 향해 박 대령이 아무렇지도
않다는 듯 말했다.

"자네 빚 갚았네."

"……그러셨군요."

조금도 신나지 않다는 듯 말하자, 박 대령이 오히려 민망
하다는 듯 말했다.

"그래서 말인데……."

"……?"

"앞으로 잘 좀 부탁함세."

"무슨 말씀이신지?"

"거기 사진들 보면 알겠지만, 그런 것들이 비싸게 팔리
는 것들이라네. 그렇다고 해서 꼭 그것들로 구해 오라는 건
아니지만……."

"……."

"뭐, 내가 넘겨짚은 걸지도 모르지만, 내 생각엔…… 자
네에게 다른 사람들이 모르는 루트가 있는 것 같아 하는 말
이네."

정확하다면 정확한 평가다.

설마 그 루트라는 게 시간을 거슬러 가는 걸 거라곤 상상도 못하겠지만.

박 대령은 확신한다는 어투로 다시 말을 이었다.

"살다 보면 이런저런 기회가 오기 마련이지. 문제는 그걸 잡느냐 못 잡느냐인데, 난 말이네, 자네에게 모든 걸 걸기로 했단 말이네."

"아까부터 무슨 말씀을 하시는지 모르겠네요."

"별소리는 아니네. 그저 내가 자네에게 투자 좀 해 보겠다는 것뿐이라네."

"……대체 절 뭘 믿고서…….."

"그래서 계약서가 존재하는 거 아니겠나?"

그런 뜻이 아니지 않은가?

계약 이전에, 택중을 어찌 믿고 함부로 일을 추진하겠다는 건가?

그러다가 택중이 모든 걸 들고 나르면 어쩌려구 그러는지.

"제가 도망이라도 치면요?"

"할 수 없는 일이겠지."

"……?"

"자네가 보기엔 내가 몇 번이나 망해 본 거 같나?"

"알 수 없죠."

피식.

웃음을 흘린 뒤 박 대령이 말했다.

"아까도 말했지만, 남들 눈에도 빤히 보이는 확실한 것들은 투자할 만한 가치가 없다는 게 내 지론일세."

한마디로 택중이 불확실한 존재이니 오히려 투자할 생각이 든다는 것인가?

이를테면 안정되되 낮은 수익률 쪽보다 불안정해도 높은 수익률 쪽에 모든 걸 걸겠다는 얘기 아닌가.

"그러다 망합니다."

택중이 차갑게 말하자, 박 대령이 어깨를 으쓱해 보였다.

"뭐, 지금도 그다지 윤택하진 않네만. 여튼 할 텐가? 말텐가?"

"……그래서 제가 뭘 하면 되는 거죠?"

"보물이라고 할 만한 것들을 가져오면 되는 거지."

"보물?"

"꼭 보석류를 말하는 게 아니네. 이를테면 유물 중에서도 가치가 있는 것들을 말하는 거지. 물론 아직은 그걸 가릴 만한 눈은 없을 테니, 무리하진 말게. 대신 공부는 해야 할 걸세. 역사적으로 유명하거나 가치가 있는, 혹은 전설로만 내려오는 것들 위주로 찾아와야 할 테니까."

대충 알 것 같았다.

택중은 사실 지금 머릿속이 멍한 상태였지만, 그런 상태로 듣기에도 꽤 매력적인 사업안이었다.

문제는 수익인데…….

그 부분이 어떠냐에 따라 진짜 매력적인 사업이 될지 어떨지 판가름이 날 터였다.

"수익률은?"

"오 대 오."

스윽.

택중이 몸을 일으키자, 박 대령이 재빨리 외쳤다.

"육 대 사! 자네가 육! 내가 사!"

그런데도 택중이 다시 앉을 생각을 하지 않자, 박 대령이 빠르게 말을 쏟아 냈다.

"솔직히 자네만큼이나 내가 하는 일도 쉬운 일은 아니라네. 대부분의 보물은 양지에서 보다 음지에서 거래되는 일이 많다네. 소더비 쪽과 같은 경매에 붙이면 좀 더 받을 수 있겠지만, 그러다간 꼬리가 잡힐 수도 있고, 그게 아니라도 세금 폭탄을 맞기 일쑤지. 그러니 이 정도가 좋아. 내가 아는 라인으로 팔아먹는 게 손에 쥐는 것도 많아. 대신 언제나 위험이 도사리고 있다는 것만 알아 두게. 물론 자네에겐 아무런 해도 가지 않도록 손을 써 놓을 걸세. 어떤가? 이 정도면 괜찮은 제안이지?"

금방이라도 웃을 듯한 얼굴로 자신을 바라보는 박 대령을 택중은 말없이 쳐다보았다.

결국 택중은 자리에 주저앉았다.

"좋아! 좋아! 앞으로 잘 해 보세."

박 대령의 외침에 택중이 쓰게 웃었다.

'그렇게 벌어서 뭐가 좋은 거지?'

이미 돈이라면 남부럽지 않을 만큼 있다.

그럼에도 그는 현재…….

한데 또 돈을 벌어?

그래서 뭘 어쩌자는 거지?

그런데도 돈을 벌 수 있는 길이 보이자, 반사적으로 거기에 응하고 마는 자신이다.

서글픈 마음에 택중이 막 고개를 내저었을 때였다.

띠로롱 띠로롱~ 오빠~ 전화 받아~ 언능!

벨 소리가 울리기 시작했다.

스마트 폰을 꺼낸 뒤 화면을 켠 택중이 눈을 부릅떴다.

"……!"

그가 자리를 박차고 일어나며 밖으로 나갔다.

그러곤 골목 안의 후미진 곳에 몸을 붙이고 크게 심호흡을 했다.

그런 뒤에야 통화 버튼을 눌렀다.

"여, 여보세요?"

—……

"여보세요?"

—……오빠.

"……응, 유진아."

—나……. 오빠가 보고 싶어.

"……그, 그래. 오빠가 갈게."

제19장
단목원

궁항벽촌(窮巷僻村)이라는 단어는 아무 데나 쓰는 게 아니다.

적어도 일 년이 지나도록 외부에서 사람이 드나들지 않을 만큼 깊고 깊은 산골에 있는 마을에만 쓸 수 있을 것이다.

게다가 경작할 수 있는 땅도 얼마 되지 않아, 틈만 나면 산속의 공터를 개간하려 노력하지만, 그 노력이 무색하게도 겨울만 되면 굶주리게 되고 마는 그런 마을.

그야말로 똥구멍이 찢어지도록 가난한 마을만이 궁항벽촌이라는 단어가 어울릴 것이다.

한데 그런 마을은 중원을 거꾸로 쳐들고 탈탈 털면 헤아릴 수도 없이 쏟아질 만큼 많은 게 당금 중원의 현실이었다.

얼마나 많은가 하면…….

손가락을 접으며 세다 보면 밤을 지새울 정도고, 그전에 세다 지쳐서 제 풀에 무너져, 세던 숫자마저 잊어버릴 만큼 많았다.

그런 흔하디흔한 마을 중 한 곳.

절강성에서 그다지 멀지 않은 산골에 위치한 마을이 있다.

와룡촌(臥龍村).

다소 촌스러운 이름의 이 마을에 한 청년이 흘러 들어온 것은 그리 오래되지 않았다.

작년 여름의 일이다.

자신을 단목원(端木元)이라고 밝힌 청년은 마을 외곽에 버려진 흉가 하나를 고쳐 자리를 잡더니, 언젠가부터 밭을 개간하기 시작했다.

돌밭이라 해서 절대로 작물이 자랄 수 없는 그곳을 몇 달이 지나도록 갈아엎고 또 갈아엎던 사내.

여름이 가고 가을 지나 겨울이 왔을 때만 해도 마을 사람들은 그가 오래지 않아 마을 떠나리라 생각했다.

하지만 단목원은 기어이 밭을 밭답게 만들어 내고는 올해 초 봄이 오자 처음으로 씨를 뿌렸다.

그 모습에 마을 사람들이 하나둘 마음을 열기 시작했다.

가장 먼저 마음을 연 것은 아이들이었다.

아마도 순수한 아이들이었기에 그랬을 것이다.

어찌 되었든 단목원은 어느 날인가부터 아이들에게 글을 가르쳐 주기 시작했다.

그가 밭을 개간하고, 아이들의 글 선생을 자처하자 마을 사람들은 그를 받아들이지 않을 수 없게 되었다.

그렇게 단목원이 일 년이 지나기도 전에 마을에 녹아들었을 때였다.

두두두두두두.

한 대의 마차가 마을에 들어왔다.

화려하기 그지없는 사두마차는 은빛을 번쩍이며 나타나 마을을 가로질렀다.

놀란 마을 사람들이 쏟아져 나와 마차가 남기고 간 먼지 속에서 망연자실 서 있을 때, 마차는 단목원의 초가 앞에 멈춰 섰다.

마차의 문이 열리고 모습을 드러낸 것은 어딘지 모르게 권위가 엿보이는 초로의 장년인이었다.

뿐만 아니라 그를 수행하는 무사들 서넛이 뒤에 시립 한 채 무서운 한광을 눈에서 폭사하고 있었다.

한데 다음 순간 놀라운 일이 벌어졌다.

덥석.

장년인을 비롯한 무사들이 갑자기 바닥에 부복하더니 머리를 조아린 것이다.

또한 산천이 떠나가도록 외치고 있었다.

"신 황서지, 대공자를 뵙습니다!"

덜컹.

초가의 문이 열렸고, 단목원이 나왔다.

버선발로 뛰쳐나온 단목원은 민망해서 어찌할 줄 모르며 장년인, 황서지를 일으켜 세웠다.

"어찌 이러신단 말이오. 또 내가 여기 있는 줄은 어찌 알고……."

단목원이 안타깝다는 듯 바라보자, 황서지는 눈물을 글썽이며 말했다.

"대, 대공자……. 소신이 무능하여, 이제야 대공자를 찾아뵐 수 있었나이다!"

"무슨 소리요, 그게. 어허! 이럴 게 아니라, 어서 안으로 드십시다."

"흑흑……. 대, 대공자! 어이하여 이런 궁항벽촌에……. 흑흑……."

"어이 이러시는 게요. 자자, 이러지 마시고 안으로 드십시다."

황서지의 팔을 이끌어 억지로 끌고 가는 단목원이었다.

한데 그의 눈동자에서 기이한 빛이 솟구쳤다가 사라지는

걸 누구도 보지 못했다.

　　　　　*　　　　*　　　　*

　진동이 몇 차례 울린 뒤 알람이 터졌다.

　오빠 언능 일어나! 아잉~ 언능~!

　알람 소리에 잠이 깬 택중이 스르르 눈을 떴다.
　그러곤 화들짝 놀라 소리쳤다.
　"으헥! 뭐, 뭐야!"
　새하얀 얼굴 하나가 자신의 눈앞에 있었던 것이다.
　상체를 벌떡 일으킨 택중은 그 얼굴의 주인이 누군지 알
아채곤 놀란 가슴을 쓸어내렸다.
　그때 막 잠에서 깬 은설란이 눈을 비비며 일어나고 있었
다.
　"다, 당신이 왜 여기서 잠을 자고 있는 건데?"
　"……고 공자가 깨기를 기다리다가……."
　"잠들었다고?"
　끄덕.
　'이 여자 보게! 여기가 어디라고!'
　"다, 당신 정신 있는 거야 없는 거야? 어디 여자가 함부

로 외간 남자 옆에 누워서…… 남녀칠세부동석이란 말도
몰라요?!"

　말은 이렇게 하고 있었지만, 정말로 택중이 이런 말을 할
정도로 고지식한 것은 아니었다.

　다만, 자다가 눈을 뜨니 옆에 여자가 누워 있는 걸 보고
는 민망해져서 던지는 말일 뿐이었다.

　"엉? 그러고 보니 돌아왔네?"

　이제는 중원에서조차 '돌아왔다.' 라는 표현을 스스럼없
이 하는 택중이었다.

　그만큼 편해졌다는 건데…….

　갑자기 진아 생각이 떠오른 택중이 환하게 웃었다.

　'많이 컸어.'

　그날 밤.

　많은 얘기를 나누었다.

　비록 두 시간 정도밖에 되지 않는 짧은 시간이었지만, 그
래도 택중은 만족한다.

　떨어져 있던 삼 년이라는 시간이 무색할 만큼, 그는 여동
생에게 정을 느꼈고, 한편으로는 여동생 또한 자신을 끔찍
이 생각한다는 걸 깨달았던 것이다.

　'됐어!'

　이제야말로 녀석을 행복하게 해 주기 위해 노력하는 거
다.

그러기 위해선 정말 열심히 일해야 하겠지!

그리고 이제, 중원으로 왔으니 제대로 한몫 잡아야 할 테다.

자리에서 일어난 택중. 그를 향해 은설란이 물었다.

"어디 가세요?"

"아, 물먹으러 가요!"

"물?"

"뭐가 잘못됐어요?"

부끄러웠던 걸까? 여전히 얼굴에서 붉은빛을 지우지 못하고, 더불어 그녀와 눈도 마주치지 못하면서 말하는 그를 은설란이 따라붙었다.

"저도요. 아, 목말라!"

"떠, 떨어져요!"

후다닥.

잽싸게 걸음을 옮긴 택중이 부엌으로 가서 냉장고 문을 열었다.

그러자 그의 바로 뒤에서 은설란이 눈을 빛내며 물었다.

"이게 뭐죠?"

"……?"

"어머, 완전 시원하다?"

냉장고 안으로 손을 쑥 집어넣은 은설란이 상큼한 표정을 지어 보였다.

"아, 전기료 나가요! 얼른 문 닫아요!"

"전기료?"

사실 발전기를 돌리고 있어서 전기가 부족하게 되는 경우가 있으면 있었지, 전기료가 나갈 리가 없었다.

그런데도 택중은 왠지 까칠하게 말하고 있었다.

모두 다 부끄러움이 채 가시지 않았기 때문이다.

"암튼 그런 게 있어요. 빨리 손이나 빼요!"

은설란이 눈을 말똥거리며 물러서자, 택중이 물병 뚜껑을 땄다. 그러곤 물 컵에 따라 그녀에게 내밀었다.

벌컥벌컥.

"캬~"

'술이냐?'

반개한 눈으로 은설란을 바라보던 택중.

그는 갑자기 저번에 헐벗은 상태로 밤을 보냈던 때가 떠올라 또다시 얼굴이 붉어지고 말았다.

그때 은설란이 기쁜 듯 소리쳤다.

"너무 시원한 거 있죠! 또 주세요!"

"예, 예. 많이 드시죠."

쪼르르르륵.

물을 따르고 또 따르고, 마시고 또 마시고……

"아, 그만 좀 마셔요!"

결국 물통 하나를 완전히 비운 뒤에야 은설란은 물러섰

다.

잠시 후 택중이 화장실을 쓰려고 문을 여는데……

"응? 이게 왜 안 열리지?"

바로 그때 화장실 문이 벌컥 열리며 누군가가 튀어나왔
다.

"어허! 시원하다!"

갈천성이었다.

"……!"

빠직!

이마에 힘줄이 솟은 택중이 막 뭐라고 소리치려는
데……

"큼, 덕분에 시원했네. 그럼……"

"……그냥 가려구요?"

"그럼?"

"………화장실만 쓰려고 오셨다?"

"후후후! 그런 거지. 그럼. 종종 보세나."

횡.

갈천성이 사라진 뒤 닫히는 현관문을 바라보며 주먹을
쥐어 보이던 택중. 그가 힘없이 어깨를 늘어뜨렸다.

'됐다! 저 영감님도 어지간하면 그러겠냐. 그냥 고객에
대한 배려라고 생각하자!'

여기까지 생각한 택중은 이내 결심을 굳히며 돌아섰다.

'그래, 지금 이럴 시간이 없지! 팔든지, 모으든지. 어느 쪽이 되었든 열심히 일해야지. 아! 그리고 무공도 익혀야 하지?'

생각해 보니, 할 일이 너무 많았다.

그는 은설란에게 슬그머니 다가가 미소를 지어 보였다.

어느새 그의 인중이 길게 늘어나는 순간이었다.

"좋은 게 있는데 사실래요?"

흠칫.

뒷걸음질 치는 그녀. 은설란이 말을 더듬었다.

"뭐, 뭔데요?"

"ㅎㅎㅎㅎ."

택중이 은설란의 위아래를 훑어보았다.

잠시 후 물건들을 가지러 방으로 들어갔던 택중은 문밖에서 들려오는 인기척에 고개를 갸웃했다.

'응? 누가 또 왔나?'

바로 그때 문밖에서 은설란의 목소리가 들려왔다.

"어머, 이 땀 좀 봐? 밖에 덥죠?"

대답 소리는 익숙한 음성이었다.

"진짜라니까요! 완전 더워! 여기까지 어떻게 왔나 몰라!"

뭐가 그리 좋은지 호호 깔깔거리며 웃는 그녀들. 택중은 입맛을 다셨다.

'오홋! 왔구나!'

그때였다.

"차가운 물 한 잔 드실래요?"

그러곤 이어서 들려오는 감탄사.

"캬하~!"

"호호호. 시원하죠? 자자, 또 한 잔 드세요!"

"키야! 너무 시원하다! 근데, 이렇게 자꾸 먹어도 괜찮아
요?"

"아이참, 아직 많이 있다니까요."

"와아! 부위장님! 여기 완전 시원해요!"

"어머, 진짜! 나 여기 안에 들어가면 안 될까?"

그 순간 문이 벌컥 열리며 택중이 소리쳤다.

"안 돼!"

"정말?"

"빨리 문 안 닫아요!"

흠칫.

놀란 세 사람이 후다닥 물러서자, 택중이 고개를 절레절
레 흔들었다.

'아고, 고객만 아니면……!'

그러면서 그들 세 사람을 물끄러미 바라보는 택중이었다.

'저 사람들이 황금을 훔쳐 갔을까?'

곧바로 고개를 내젓는 그였다.

아무리 생각해도 저들은 아니다.

그리고 가끔, 아니 자신이 없을 때까지 생각하면 거의 매일같이 화장실을 드나드는 갈천성도 도저히 황금을 훔쳐 갔을 사람으로 보이지 않는다.

그저 직감만이 아니다.

그동안 여러모로 살펴보고, 또 유도 심문도 해 보았다.

한데, 저들 세 사람은 공통점이 하나 있는데…….

'융통성이 없는 사람들이란 거지.'

한마디로 거짓말할 타입이 아닌 것이다.

만일 저런 성격으로 거짓말을 하고 있는 거라면, 그야말로 아카데미 여우주연상급이라 할 수 있을 것이다.

단순 무식의 대명사인 무치야 말할 것도 없고, 갈천성은 그나마 저들보다 낫지만 그래 봐야 그 밥에 그 나물.

다른 건 몰라도 자존심 상하는 일만큼은 목에 칼이 들어와도 하지 않을 영감 아닌가.

결국 그가 파악한 다섯 사람은 범인이 아니란 결론이었다.

그렇다면 누굴까?

택중이 날카롭게 눈을 빛냈다.

'아무래도 정도맹 쪽이 가장 의심스럽지.'

흔한 말로 흑사련과는 앙숙인 곳이 거기니까.

으득!

'그래도 그렇지. 사람을 죽이려는 것도 모자라, 황금까

지 훔쳐 갔더란 말이지!'

택중이 사람을 죽이고도 남을 만큼 형형한 안광을 흩뿌리고 있을 때였다.

분위기가 너무 살벌했을까?

여인들이 쭈뼛거리며 그에게 다가섰다.

"오, 오랜만이에요. 고 공자."

화들짝 놀라며 상념에서 깨어난 택중이 맑게 웃었다.

"무슨 그런 섭한 말씀을. 본 지 얼마나 되었다고요. 우리 사이에 그런 얘기를 다 하시고!"

이어 택중이 그들을 불러 모았다.

"자, 그러고들 있지 말고 이리로들 오세요!"

또 무슨 물건을 보여 주려고 그러나 싶어 세 사람, 은설란과 진수화 그리고 옥란이 호기심 가득한 눈빛으로 다가섰다.

좌르르륵.

종이로 만든 쇼핑백 안에선 상자들이 쏟아져 나왔다.

시원스런 몸매를 지닌 여인들이 반라의 차림으로 상큼발랄한 미소를 띤 채 몸을 꼬고 있는 사진이 돋보이는 상자들이었다.

그중 하나를 들어 거침없이 뜯어낸 택중이 그 안에서 빨간 재질의 천 하나를 들어 허공에 털었다.

팡!

그것은 세 여인의 시선을 빼앗고도 남을 만큼 화려했다.

또한 남자로서는 들고 있는 것만으로도 부끄러울 수 있는 물건이었지만, 그래서 방금까지만 해도 은설란과 함께 누워 있던 것만으로도 얼굴을 붉히던 그였지만, 지금은 달랐다.

입에 초를 발랐는지 쉴 새 없이 말문을 열며 당당히 어깨를 펴고 있었던 것이다.

완벽한 변신.

초특급 판매원으로 거듭 태어난 택중이 바로 그곳에 있었다.

그가 내미는 물건을 받아 든 진수화가 눈을 껌벅였다.

그러다가 그녀가 물었다.

"그러니까…… 이게…… 그…….."

그러면서 한 손으로 자신의 몸을 가리켜 보였다.

끄덕.

택중이 히죽 웃으며 고개를 끄덕였을 때였다.

퍽!

진수화가 그의 가슴을 후려치며 몸을 꼬았다.

"아이참, 미쳤나 봐!"

그러곤 후다닥 일어나 방 안으로 사라졌다.

그런 그녀의 손에 크리스털 라이너 팬티가 들려 있었다.

그리고 잠시 뒤, 그녀가 방을 나오는데 그 표정이 무척

밝았다.

"이거 얼마에요?"

"흐흐흐. 단돈 백 냥! 아주 헐값에 드립니다!"

생각보다 쌌다.

여태껏 비싸게 후려치던 물건들과는 판이하게 달랐다.

여기엔 물론 나름의 이유가 있었다.

'길게 해 먹으려면 너무 비싸면 안 된다!'

희귀성의 논리에 따라 신병이기로 취급되는 것들만 비싸
게 팔고, 나머진 싸게 그리고 많이 팔기로 마음먹었던 것이
다.

"이런 게 몇 벌이나 있죠?"

진수화의 물음에 택중은 신이 났다.

'크크크. 내 그럴 줄 알았지. 이제부터 당신의 몸을 온
통 내 물건으로 감싸 주마!'

택중은 콧노래까지 부르며 상자들을 열었다.

그중 하나를 꺼내어 손에 들고 흔들며 소리쳤다.

"이런 건 어떠십니까?"

그가 들고 있던 베이지색 브래지어를 보며 진수화가 눈
을 빛냈다.

그러자 택중이 걸렸구나 싶은 눈빛으로 말했다.

"가슴을 돋보이게 만드는 속옷이죠. 뭐, 진 소저 같은
분들이야 가슴이 커서…… 큼, 그다지 필요 없을지 모르지

만, 그래도 조금이라도 더 크게 보이고 아름답게 만들어 준
다면……."

그때였다.

스윽.

꽉!

꽉!

두 개의 손이 불쑥 튀어나와 브라지어를 움켜잡는 게 아
닌가.

은설란과 옥란의 손이었다.

'헐!'

택중이 그들 두 사람을 바라보자, 은설란과 옥란이 딴청
을 피웠다.

그때였다.

"내 꺼야!"

진수화가 소리쳤지만, 그녀들은 도무지 손을 놓을 생각
이 없어 보였다.

그런 그들을 택중이 진정시켰다.

"진정들 하세요. 물건은 많이 있으니까, 싸우지들 마시
죠!"

얼굴 가득 웃음꽃을 피우며 그가 상자들을 뜯기 시작했
다.

그리고 그날 하루 그가 그녀들에게 팔아 치운 속옷만 무

려 서른 벌.

어지간한 갑부라도 혀를 내두를 만큼의 돈을 뜯어내고야
끝이 났다.

당연히 현금으론 부족했기에, 그녀들은 문서로 갈음해서
값을 치렀다.

그럼에도, 택중은 조금도 싫은 기색 없이 받아들였다.

'흐흐흐. 일단 팔고 볼 일이다!'

그럴 수밖에.

그녀들이 산 속옷의 총 금액이 상당했기 때문이다.

그럼에도 실제론 현대에서 한 벌을 제대로 팔 때의 금액
밖에 안 되었다.

그러니 전혀 아무리 싸게 팔든, 부담이 없었던 것이다.

어디까지나 여기서나 싸다는 얘기니까.

'팍팍 팔자! 빚도 재산! 안 되면 노예로라도 부려 주
마!'

룰루랄라 거리는 택중의 심정을 알 리가 없는 세 사람이
었다.

'이게 다 로또 아니겠어!'

택중은 흐뭇하게 웃고 있었다.

＊　　　　＊　　　　＊

이번에 현대에 다녀오면서 사 가지고 온 CCTV를 집안 곳곳과, 담장 밖에 일정 간격을 두고 설치한 후 택중은 비릿한 웃음을 지어 보였다.

'누구든 오기만 해 봐라!'

이제 도둑이 되었든, 암살자가 되었든 집안에 들어온 놈은 무조건 녹화가 될 것이다.

물론 복면을 뒤집어썼을 공산이 높지만, 그런 경우라도 CCTV가 없는 것보다는 나을 터였다.

'흐흐흐. 어디 한 번 해 보자 이거야!'

이렇게 하나둘, 대비를 하다 보면 언젠가는 놈들의 꼬리도 잡을 수 있다는 판단에 택중이 얼굴에 화색을 띠었다.

그렇게 득의만만한 얼굴이 된 택중은 갑자기 허기를 느꼈다.

'열심히 일한 자! 배불리 먹을 지어다!'

만족한 표정으로 부엌으로 간 택중. 그는 가스레인지에 뚝배기를 올려서 된장찌개를 끓이면서 밥솥에 밥을 안쳤다.

얼마 뒤 간단하게 찬을 차려 된장찌개와 함께 쌀밥을 먹기 시작하는 그였다.

평소와 달리 꿀맛처럼 달기만 한 밥이었다.

'역시 부자가 되니 밥맛도 좋구나!'

그렇게 저녁 식사를 마친 뒤, 택중은 샤워를 하고 이불을 깔았다.

그리고 그 위에 누워 흘러간 유행가를 흥얼거렸다.

'다들 잘 있으려나?'

느닷없이 그의 머릿속에 떠오른 얼굴들.

그녀가 있던 고아원의 원장 어머니.

원래 그가 있던 고아원 자체가 수녀원에 부속된 기관이었기 때문에 원장 어머니는 수녀였다.

그리고 그곳에서 함께 지내던 아이들.

꼬질꼬질한 얼굴에 콧물을 질질 흘리던 아이들 얼굴이 떠올랐다.

순간 그리운 마음이 들자, 그는 생각했다.

'한 번 다녀와야겠구나.'

뒤척뒤척.

옛날 생각을 해선가 괜스레 잠이 오질 않아서 몸을 뒤척이던 그였다.

한데 그때였다.

"……?"

뭔가 뒤통수를 기어 올라오는 이 기분은 뭐지?

그 순간 택중은 재빨리 점검했다.

'검!'

이부자리의 머리맡에 검이 있었다.

'B카스?'

이미 낮에 마셔 두었다.

'CCTV!'

아무래도 그걸 확인할 시간은 없을 것 같았다.

자리에서 벌떡 일어난 택중이 서둘러 몸을 날렸다.

그러곤 전등에 불을 넣는 순간이었다.

쇄액!

세찬 바람을 일으키며 한줄기 파공음이 들려왔다.

쾅!

창문이 터져 나갔다.

비산하는 나무 파편을 뚫고 시커먼 인영이 뛰어들고 있
었다.

"제길!"

택중이 몸을 굴려 검을 챙겼다.

이어 무서운 속도로 검날을 뽑았다.

슈아악!

바로 그때, 시퍼런 칼날이 그의 목을 노리고 날아왔다.

깡!

불꽃이 튀는 순간, 쇳소리가 울렸다.

충격으로 인해 손아귀가 시큰거렸지만, 택중은 망설일
틈이 없다는 걸 깨달았다.

q !

이번엔 그가 먼저 검격을 날렸다.

뇌전격의 제일초식 일지검뇌(一支劍雷)이 펼쳐진 것이다.

하나 놈이라고 그저 보고만 있을 리 만무했다.

휘익!

빠르게 몸을 휘돌려 택중의 검격을 피해 내더니, 탄성을 이용해 무섭게 반격해 왔다.

슈악!

반원을 그리며 하나의 궤적을 그리는 검날.

그리고 그 궤적 안에 안타깝게도 택중의 가슴이 있었다.

'제, 젠장!'

아직까지 검을 회수하지 못하고 있던 택중은 이를 악물고 허리를 비틀었다.

서걱!

가슴을 아슬아슬한 차이로 스쳐 가는 검끝이었다.

간신히 놈의 검격을 피해 낸 택중은 의아함을 거둘 수 없었다.

'어째서 아무도 달려오지 않는 거지?

이 정도 소란이면 밖에서 경계를 서고 있는 무사들이 달려와도 벌써 왔어야 하는데…….

이상하다 싶어서 귀를 기울여 보는 택중. 그의 귓가로 익숙한 소리가 들려왔다.

챙, 채챙, 챙챙!

'크윽!'

그랬다.

밖에서도 한창 싸움이 벌어지고 있었던 것이다.

게다가 들려오는 소리로 보아, 격전이 틀림없었다.

'젠장! 이러다 당하는 거 아냐?'

자신의 무공만으로 눈앞의 상대를 감당하기엔 한계가 있음을 잘 안다.

그저 믿을 거라곤 B카스를 마시고 한시적으로 얻은 내공이 다인데, 그마저도 제대로 운용하지 못하기에 적절한 효과를 보지 못하고 있었다.

그런 마당에 조력자라 할 수 있는 무사들까지 밖에서 발이 묶인 상황이라면……

으득!

이를 갈아 대며 택중이 소리쳤다.

"어디 한 번 해봐!"

땅을 걷어차며 힘껏 도약한 그가 외쳤다.

"날 죽여 봐!"

                    *   *   *

어둠 속에서 말하고 있었다.

"이번엔 절대로 살아남지 못할 겁니다."

다소 젊은 목소리였다.

한데 그를 대하는 상대의 말투가 뜻밖이었다.

"그렇습니다. 누가 계획한 것인데, 놈이 감당하겠습니까?"

늙수그레한, 그러면서도 꽤 위엄 어린 목소리임에도 먼저 말한 이를 대하는 것은 몹시 공손하기만 했던 것이다.

"공연한 얘기는 하지 마시지요. 자칫 분란의 씨앗이 될 말입니다."

"아닙니다. 소신의 생각을 솔직하게 말씀드렸을 뿐이니, 행여 기분 나빠 하시지 마시길 바랍니다."

"하하하하! 무슨 그런! 노사의 바람이나 저의 소망이 한결같거늘. 같은 배를 탄 식구끼리 서로의 마음도 헤아리지 못한다 해서야 어디 큰일을 할 수나 있겠습니까?"

"지당하신 말씀입니다."

"하여튼. 이번에 보낸 이들은 제가 특별히 준비한 자들이니만큼 반드시 성공할 것입니다."

"……그들이 누구기에……?"

"귀살천."

"허! 지금 귀살천이라 하셨습니까?"

더없이 놀라서 되묻는 음성에 젊은 목소리는 짧게 대답했을 뿐이다.

"멸사(滅邪)."

옳지 못한 자[邪]를 반드시 없애겠다는 의지의 발로였다.

그 점이 몹시 기꺼운지 만족스런 얼굴을 해 보이는 노사였다.

*   *   *

깡!

불꽃이 튀었다.

깡!

칼날이 부딪히는 순간, 주룩 밀린 택중이 뒤로 물러났다.

깡!

망치가 모루를 두들기듯 놈의 칼날이 자신의 칼을 때리는 순간, 택중은 힘겹게 버티다가 나가떨어졌다.

힘에서 지고 있었고, 날렵함에서 밀리고 있었다.

애당초 무공은 밑바닥을 기는 그였고, 내공이라고 가진 것도 급조된 거짓이었다.

하지만, 택중은 포기하지 않았다.

눈앞에 서 있는 자가 누군지는 몰라도!

놈이 무엇 때문에 자신을 죽이려는지 몰라도!

이렇게 쉽게 죽어 주려고, 여기까지 온 게 아니다!

"내가…… 으득! 내가 네놈 따위에게 죽으려고 여기까지 온 건 줄 알아!"

웅!

번쩍 치켜든 택중의 칼이 시퍼런 날을 곧추세우며 놈의 가슴을 가리켰다.

택중의 외침이 공간을 뛰어넘어 놈에게 전해진 걸까!

복면인의 눈동자가 한차례 번들거렸다.

그러곤 더없이 날카로운 칼날을 높이 쳐들었다.

후우웅!

시퍼런 검강이 줄기줄기 뻗어 나와 십 센티…… 아니, 이십 센티는 족히 넘을 만큼 솟구쳤다.

그런 상태로 천천히 걸어오는 복면인.

그런데도 택중은 두려워하지 않았다.

금방이라도 힘이 빠질 것처럼 후들거리는 다리였지만, 그는 주저앉지 않았다.

차라리 부러질지언정 두 다리에 힘을 가득 싣고 바닥에 양발을 박아 넣기라도 한 듯 조금도 움직이지 않았다.

그리고 두 개의 검이 허공중에서 충돌했다.

쾅!

이전과는 비교할 수 없을 만큼 거대한 충격이 몰아쳤다.

"크악!"

택중의 입에서 자신도 어쩌지 못하는 비명이 터져 나왔

다.

그런데도 그는 애써 참으며 버텼다.

그 순간에도 시퍼런 검강을 뽑아 올린 검날이 몰아쳐 와 그의 검을 때렸다.

콰앙!

순간 누군가 가슴을 걷어차기라도 한 듯 울컥하며 넘어오는 뜨거운 기운.

쿨럭!

택중은 시커먼 피를 토하며 날아올랐다.

이제 남은 것은 오직 하나.

바닥에 곤두박질쳐 그대로 죽음을 맞이하는 것만 남은 듯했다.

그리고 놈은 그 순간을 절대로 놓치지 않았다.

쐐애애애액!

사람으로서 저처럼 날아오르다니!

그 와중에도 택중이 기가 막혀서 두 눈을 동그랗게 뜨는 바로 그 순간, 놈은 맹렬히 날아와 잔인무도한 칼날을 휘둘렀다.

콰아아아앙!

다시금 부딪힌 칼날들이 마지막이 머지않았음을 알리며 거칠게 울부짖었다.

끝내 택중은 바닥에 나뒹굴었다.

후우우우우웅!

그 모습을 보면서 택중의 최후를 직감했는지 복면인은 이제 남아 있던 내공 한 줌까지 모조리 검에 싣고 있는 게 분명했다.

그렇지 않다면 이글거리며 타오르듯 사방으로 튀며 솟구치는 검강이 저와 같이 높이 솟구칠 수는 없을 터였다.

무려 삼십 센티!

이제 한 번만 내지르면 가슴을 쑤시고 들어올 만한 거리에서 마침내 복면인이 검을 들어 올렸다.

쑤애애애애애액!

공간을 가르며 무겁게 쇄도하는 한 자루 검. 그 검끝에서 솟구쳐 오른 시퍼런 검강이 택중의 가슴을 노리고 날아들고 있었다.

"으아아아아악!"

택중이 자신의 피로 시뻘겋게 물든 이빨을 드러내며 악을 썼다. 그러곤 끝끝내 포기하지 않으며 검을 치켜들었다.

하나 소용없었다.

번쩍!

눈앞이 번쩍인다고 여긴 순간,

서걱!

그의 검날이 잘리며 놈의 시퍼런 칼날에 밀어닥쳤다.

쾅!

그리고 폭음이 터졌고, 택중의 가슴에 칼날이 박혀 들었다.

털썩!

그의 고개가 떨어지는 순간이었다.

"아, 안 돼!"

한 여인의 울먹이는 소리가 의식을 잃어 가는 택중의 귓가로 빨려 들었다.

"이, 이놈이!"

늙수그레한 영감의 음성이 노도처럼 방 안을 떨쳤다.

그리고 점차 짙어져 가는 어둠 속에서 택중은 깨달았다.

'이, 이렇게 죽는 건가?'

그 와중에도 어둠이 몰려들어 그의 의식을 잠식하고 있었다.

오빠……

마지막으로…… 보고 싶은 걸까?

그의 귓가로 진아의 음성이 흘러들고 있었다.

환청이리라.

그렇다면, 이왕이면 환각이라도 보여 줄 것이지…….

하나 그의 바람은 이루어지지 않고 있었다.

아무리 눈을 크게 떠보아도, 눈앞에 보이는 건 오직 어둠뿐이었던 것이다.

'큭! 진아야……!'

이제 혈혈단신 혼자 남게 된 그 아이…….

그 아이는 어쩌라고…….

'어, 어머니…… 아버지…!'

팟!

순식간에 어둠이 몰려들며 그대로 의식이 날아간 듯 풀썩 꺾이고 마는 택중이었다.

"고 공자!"

은설란이 뛰어들어 택중에게 몸을 날렸다.

갈천성이 무서운 속도로 복면인에게 달려들었다.

그러자 복면인은 검강을 뿌리며 검을 치켜들었다.

그렇게 세 사람은 이제 한 사람이 떠나간 세상에서 또다시 새로운 싸움을 준비하려 하고 있었다.

그랬다.

그러려고 했다.

한데, 바로 그 순간이었다.

두근!

택중의 가슴팍이 튀어 올랐다.

두근두근!

심장이 뛰며 택중의 몸이 들썩였다.

막 그에게 다가가 안으려 했던 은설란이 놀라서 멈칫거렸고, 갈천성 또한 검을 치켜든 채 고개를 돌려 택중을 보았다.

반면 복면인은 믿기 어렵다는 눈이 되어 택중에게 시선을 떼지 못했다.

그 순간, 택중의 입술이 벌어졌다.

"……씨…… 발…… 내, 내가…… 그렇게 쉽게 죽을 줄 알…… 아!"

쿨럭!

피 한 사발을 쏟아 내며 정신을 차린 택중이 천천히 몸을 일으키기 시작했다.

마치 슬로우 비디오처럼 천천히 몸을 일으키던 그가 끝내 우뚝 선 채 고개를 쳐들었다.

피로 얼룩진 얼굴로 놈을 보았다.

반개한 두 눈이 놈에게 향해 있었다.

가슴에선 핏물이 흐르고 있었지만, 그는 조금도 개의치 않았다.

머리를 세차게 흔든 뒤, 검을 치켜드는 그의 눈동자는 이제 완전히 되살아나 맑게 빛나고 있었다.

그가 외쳤다.

"죽이라고 했지!"

파지지지직!

그의 검날에서 푸른 뇌전이 터져 나왔다.

그 순간 그가 소리쳤다.

"이제······."

퉁!

"내 차례거든!"

가볍게 바닥을 차올린 택중이 힘차게 날아올랐다.

〈『신병이기』 제3권에서 계속〉

신병이기

1판 1쇄 찍음 2014년 4월 16일
1판 1쇄 펴냄 2014년 4월 21일

지은이 | 예가음
펴낸이 | 정 필
펴낸곳 | 도서출판 뿔미디어

편집장 | 이재권
기획 · 편집 | 윤영상

출판등록 | 2002년 9월 11일 (제081-1-132호)
주소 | 경기도 부천시 원미구 상동로 117번길 49(상동) 503호 (우)420-861
전화 | 032)651-6513 / 팩스 032)651-6094
E-mail | bbulmedia@hanmail.net
홈페이지 | http://bbulmedia.com

값 8,000원

ISBN 979-11-315-0009-5 04810
ISBN 979-11-315-0007-1 04810 (세트)

도서출판 뿔미디어 홈페이지 OPEN*!!*

안녕하세요.
지금껏 저희 뿔미디어를 응원해 주신
독자님들의 성원에 힘입어
이번에 새롭게 홈페이지를 오픈하였습니다.

저희 뿔미디어는 홈페이지에서 독자님들께서
보다 빠른 출간 소식과 미리보기 등
알찬 내용을 제공하기 위해 많은 노력을 기울였습니다.
또한 독자님들에게 도서 할인, 이벤트 등
다양한 혜택을 제공하고자 합니다.

저희 뿔미디어 홈페이지 오픈을 계기로
한층 더 독자님들과 가까워질 수 있는 기회가 되었으면 합니다.

보다 많은 관심과 사랑 부탁드리며,
앞으로도 더 좋은 컨텐츠 제공에 힘쓰도록 하겠습니다.

감사합니다.

-도서출판 뿔미디어 올림-

 www.bbulmedia.com